Wolfgang Bittner
Wo die Berge namenlos sind

C. Bertelsmann

Wolfgang Bittner

Wo die Berge namenlos sind

1. Auflage
© bei C. Bertelsmann Verlag GmbH, München 1989
Umschlaggestaltung: Pieter Kunstreich
Druck: Mohn, Gütersloh
ISBN 3-570-03285-X · Printed in Germany

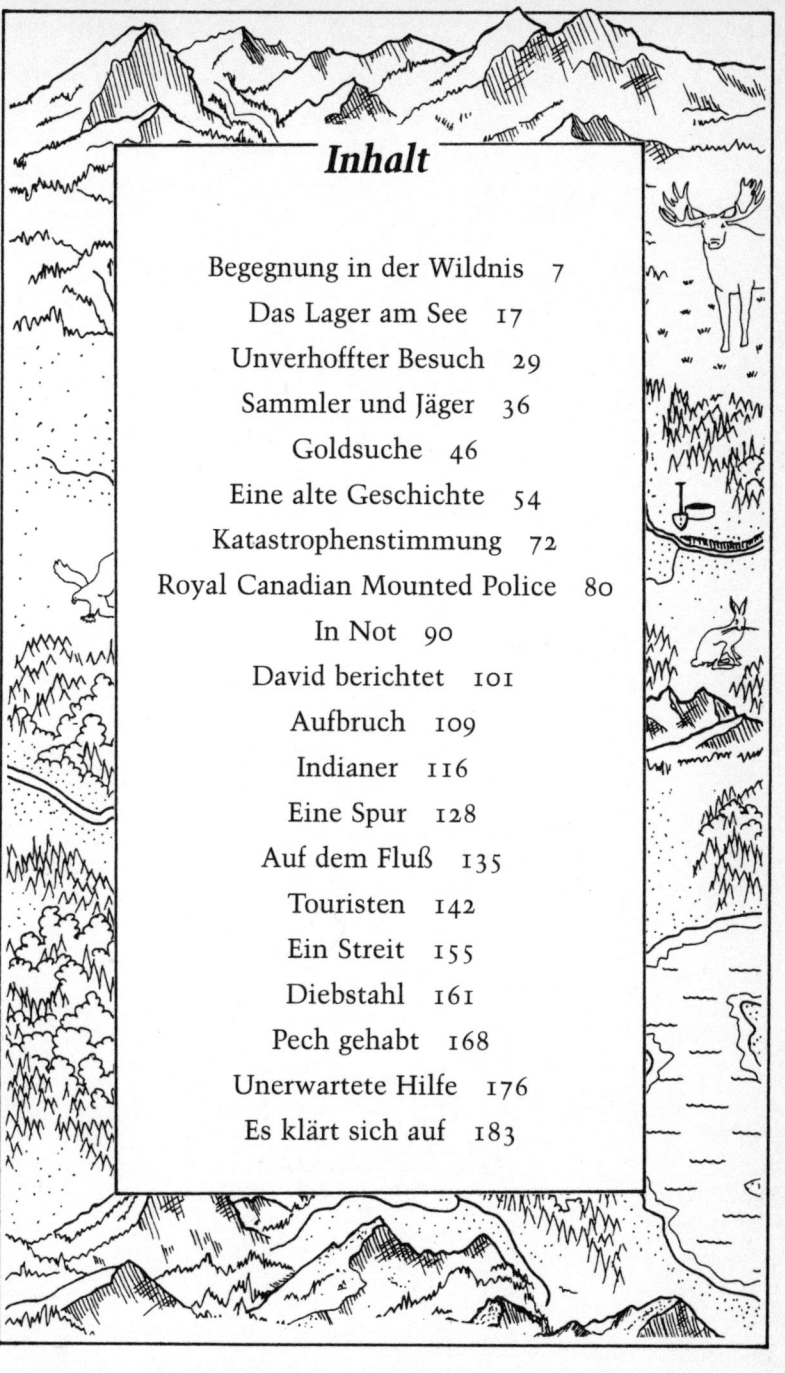

Inhalt

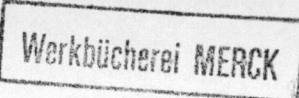
Begegnung in der Wildnis

Hinter einer Biegung des Flusses öffnete sich die glatte, sonnenbeschienene Fläche eines kleinen Sees. Die Strömung begann schwächer zu werden, und das Kanu verließ den dunklen Schatten des Hochwaldes, der den schmalen Wasserlauf zu beiden Seiten begleitet und stellenweise beinahe überdacht hatte. Der Mann, der das Fahrzeug jetzt mit einigen kräftigen Paddelschlägen am schilfbestandenen Ufer entlangsteuerte, schien noch jünger zu sein, vielleicht Mitte Zwanzig. Eine genauere Feststellung seines Alters wurde allerdings durch den wuchernden Vollbart erschwert, der sein von der Sonne gebräuntes Gesicht zur Hälfte verbarg. Das dunkelblonde Haar fiel ihm bis auf die Schultern herab.

Er trug ein grünkariertes Flanellhemd und Jeans, am Gürtel ein Jagdmesser; die Füße steckten in derben halbhohen Schnürstiefeln. Seine ganze Erscheinung wie auch die geschickte Handhabung des Paddels deuteten darauf hin, daß er sich in dieser Wildnis zu Hause fühlte. Vorn im Boot lagen ein gutgefüllter Proviantbeutel und ein großer Rucksack, an dem ein Gewehr lehnte. Anorak, Beil, Bratpfanne und eine zusammenschiebbare Angelrute vervollständigten die Ausrüstung.

Die Sonne stand bereits tief über den auch jetzt im Juni noch schneebedeckten Gipfeln der Pelly Mountains, die jenseits des Wassers und der sich anschließenden bewaldeten Höhen den Horizont begrenzten. Kein Laut war zu hören, außer dem Plätschern des Paddels. Die Landschaft lag wie unbelebt unter dem hohen blassen Himmel, der noch immer ahnen ließ, wie kalt und unwirtlich es monatelang in diesen nördlichen Breiten gewesen war. Aber die Weidenbüsche hatten schon lange ausgeblüht; das frische Grün der Fichten, Pappeln, Birken, Erlen, die hier und da rot hervorschimmernden Loganberries und auch die angenehme Wärme waren unmißverständliche Anzeichen dafür, daß die Natur bereits vor Wochen aus ihrer eisigen Erstarrung erwacht war.

Der einsame Reisende ließ seine Augen über den See schweifen, um nach einem Lagerplatz Ausschau zu halten. Als er vor sich in der Nähe des Schilfgürtels einige Enten schwimmen sah, brummte er zufrieden vor sich hin und trieb das Kanu vorsichtig darauf zu. Dann legte er das Paddel behutsam beiseite, griff nach dem Gewehr und entsicherte es. Langsam hob er die Waffe an die Schulter, während das Boot geräuschlos vorwärtsglitt.

Da drangen plötzlich vom nahen Ufer laut und deutlich ein paar quäkende Töne herüber, die nach und nach in eine lebhafte, in solcher Umgebung exotisch anmutende Melodie übergingen. Kein Zweifel: Dort wurde auf einem Dudelsack gespielt, und zwar mit erstaunlicher Virtuosität. Verblüfft erhob sich der Jäger in seinem schwankenden Gefährt, um über das Schilf hinwegzuschauen und ohne die in unmittelbarer Nähe auffliegenden Enten weiter zu beachten. Doch das Weidengebüsch am Ufer bildete eine undurchdringliche grüne Wand, so daß der Urheber des unerwarteten Konzerts nach wie vor verborgen blieb.

Der so abrupt aus seiner Bahn geworfene Zuhörer setzte sich erst einmal wieder hin und schien gerade zu überlegen, auf welche Weise er sich dem unsichtbaren Musikanten am besten bemerkbar machen sollte, als er vor sich eine Lücke im Schilf bemerkte, die von einem in den See mündenden Bach gebahnt wurde. Rasch lenkte er sein Kanu hinein, der beschwingten Weise entgegen, die ohne Unterbrechung in immer geringerer Entfernung aus dem Wald heraustönte. Schon nach wenigen Metern trat das Gebüsch an der rechten Seite des Bachs zurück, ein Kanu wurde sichtbar, eine grasbewachsene Lichtung tat sich auf, in deren Mitte ein Lagerfeuer brannte. Dahinter bewegte sich leichtfüßig tänzelnd eine seltsame Gestalt hin und her und auf und ab, das wild dudelnde Musikinstrument unter dem Arm kräftig bearbeitend und die Pfeife blasend.

Der Mann, der da spielte, war hochgewachsen, von kräftiger Statur. Er trug khakifarbenes Drillichzeug und Gummistiefel, an seinem Gürtel waren mehrere kleine Ledertäschchen und ein Messer befestigt. Daß er fast wie ein verkleideter Bär wirkte, war in der Hauptsache auf seinen struppigen riesenhaften Bart sowie die wild abstehende Haarmähne zurückzuführen, die beide rostbraun in der Sonne leuchteten. Aber auch die aufgekrempelten Ärmel und das auf der Brust offenstehende Hemd gaben den Blick auf eine ähnliche Haarpracht frei.

Auf den Steinen, von denen das Feuer umgeben war, standen Kaffeekanne, Kochtopf und Bratpfanne; im Gras verstreut lagen verschiedene zum Kochen erforderliche Utensilien; an den unteren Ästen einer vereinzelt auf der Lichtung aufragenden Pappel hingen neben einigen Fischfilets, die noch ganz frisch zu sein schienen, ein Schlafsack, eine Isoliermatte, ein Paar Schuhe, ein Seesack und zwei Plastikbeutel; am Stamm des Baumes lehnten ein gewaltiger Rucksack und eine Schrotflinte; daneben war ein Zelt aufgebaut; im Hintergrund spannte sich eine Leine, auf der Unterwäsche, Socken und ein Handtuch trockneten. Das alles erfaßte der Kanufahrer mit wenigen Blicken, während er sein Boot am flachen Ufer auflaufen ließ und ausstieg.

Es gab ein knirschendes Geräusch. In demselben Moment drehte sich der Dudelsackspieler um. Seinem Instrument entfuhr noch ein letzter mißtönig pfeifender Laut. Verdutzt hielt er in seinem rhythmischen Gehüpfe inne und rief dem Fremden mit dröhnender Stimme entgegen: »Das ist ja eine Überraschung! Ich war der Meinung, hier weit und breit der einzige Zweibeiner zu sein!«

Der Ankömmling befestigte sein Kanu an einem Busch und erwiderte lachend: »Das dachte ich auch, bis mir Ihre anregenden Klänge um die Ohren flogen und in die Knochen fuhren. Wenn Sie gestatten, leiste ich Ihnen ein wenig Gesellschaft.« Er trat ans Feuer, reichte dem anderen die Hand und stellte sich vor: »Mein Name ist Stefan Berger – Sie können mich auch Steve nennen, das spricht sich im Englischen leichter.«

»Ich heiße David«, erwiderte der Musikant und musterte seinen Besucher sehr aufmerksam. Er legte das Musikinstrument beiseite, lud den Fremden mit einer Handbewegung ein, am Feuer Platz zu nehmen, und ließ sich ebenfalls nieder. »Eine wunderschöne Stelle, hier am See, finden Sie nicht auch? Es gibt ziemlich viele Fische: Hechte, Graylinge, Dolly Varden, Seeforellen. Ich kampiere schon seit einer Woche auf dieser Lichtung und kann mich gar nicht losreißen. Heute habe ich zwei große Hechte gefangen.« Nachdem er geprüft hatte, ob der Brotfladen in der Bratpfanne inzwischen gut durchgebacken war, legte er ihn auf einen flachen Stein neben dem Feuer. Dann goß er aus einer Feldflasche etwas Wasser in den Topf, in dem Reis kochte, holte zwei Fischstücke und warf sie in die heiße Pfanne.

»Dem Namen nach sind Sie deutscher Herkunft«, vermutete er.

»Sie haben es erraten«, bestätigte der Mann namens Steve. »Ich bin Deutscher, habe aber bis vor einem Monat in Vancouver gelebt. Da wohnen 1,6 Millionen Menschen, und hier beträgt die statistische Bevölkerungsdichte einen Einwohner auf 65 Quadratkilometer. Ich muß gestehen, daß ich mich hier im Moment wohler fühle. Jetzt bin ich auf dem Wege nach Whitehorse.«

»Ein ziemlich großer Umweg«, grinste der Goliath, der paradoxerweise David hieß, während er etwas Kaffeemehl in die Kanne schüttete, in der das Wasser gerade zu brodeln anfing.

Steve zuckte mit den Schultern. »Es kommt nicht darauf an. Mir ist das Stadtleben in letzter Zeit auf die Nerven gegangen, deswegen habe ich einen Freund in der Gegend von Ross River besucht. Und als ich dort war, entschloß ich mich, mit dem Kanu weiterzufahren. Zuerst will ich den Big Salmon und Yukon hinunter bis Carmacks, wo ich hoffentlich mein Kanu einigermaßen gut verkaufen kann. Dann beabsichtige ich über den Klondike Highway weiterzutrampen – mal sehen, ob ich einen Lift bekomme. Um diese Jahreszeit dürfte das wohl kein Problem sein.«

»Da haben wir bis Carmacks denselben Weg«, stellte der

Hüne fest, und es hatte den Anschein, als sei ihm dieser Umstand nicht unsympathisch. »Aber jetzt wollen wir erst mal essen, es gibt Hechtfilet, Reis, Bannock und Kaffee. Mögen Sie? Langen Sie zu, zieren Sie sich nicht, es ist genug da. Allerdings müssen Sie Ihr eigenes Geschirr und Besteck benutzen, auf Besuch bin ich nämlich nicht eingestellt.«

Während Steve zum Kanu ging, um Teller, Becher, Gabel und Löffel zu holen, schnitt sein Gastgeber das Brot auf. Dann legte er jedem ein Stück gebratenen Fisch auf den Teller, tat eine gehörige Portion Reis dazu, daß der Teller fast überquoll, und goß Kaffee ein. Außerdem gab er zwei weitere Filets in die Pfanne. »Ein richtiges Trapperessen«, freute er sich und holte noch ein Glas Marmelade. »Die gibt es zum Nachtisch, schmeckt köstlich auf dem frischen Brot.«

Sie aßen mit Heißhunger und schwiegen eine Weile. Die Sonne war inzwischen hinter den fernen Bergen verschwunden, aber ihr rötlicher Schein lag noch über den Wipfeln der Bäume. In dieser Jahreszeit würde es auch nachts nicht mehr richtig dunkel werden, und je mehr man sich dem 21. Juni näherte, dem Tag der Sonnenwende, desto heller blieb es. Der Wald war in ein merkwürdig violettes Dämmerlicht getaucht, als befinde man sich in einer Phantasiewelt. Aus der Ferne tönte der klagende Ruf eines Eistauchers über den See.

»Es ist reichlich spät geworden«, sagte David, mit vollen Backen kauend. »Ich war nachmittags mehrere Stunden zum Fischen auf dem See. Als ich merkte, daß der Abend kommt, mußte ich fast drei Meilen zurückpaddeln; der See ist zwar schmal, aber erheblich länger, als man von hier aus sieht.«

Sein Gegenüber leckte sich zufrieden die Finger ab und goß Kaffee nach. »Schön schwarz«, bemerkte er anerkennend. »Der Fisch schmeckt ebenfalls vorzüglich und auch der Reis. Ich habe lange nicht mehr so gut und vor allem so bequem gespeist.« Sie widmeten sich erneut ihrer Mahlzeit, bis weder im Topf noch in der Pfanne etwas übrigblieb.

»Ich komme ursprünglich aus Schottland und bin vor fünf Jahren in dieses herrliche Land eingewandert«, setzte David das Gespräch fort, als die Teller geleert waren. »Bis vor kurzem habe ich in Toronto gewohnt, wo ich verheiratet war. Das heißt: Geheiratet habe ich damals nur, damit ich die kanadische Staatsangehörigkeit erhielt. Es war sozusagen eine Scheinheirat und ein großer Fehler obendrein, hat mir ziemlich viel Ärger eingebracht. Vor drei Monaten, als ich die Nase endgültig voll hatte, habe ich mich aus dem Staub gemacht. Anschließend war ich einige Wochen in Watson Lake, da bin ich langsam wieder zu mir gekommen. Wenn ich jetzt darüber nachdenke, wird mir erst richtig bewußt, daß die letzten fünf Jahre die schlimmsten meines ganzen Lebens gewesen sind – und ich habe schon viel erlebt, das können Sie mir glauben.« Er schlürfte seinen heißen Kaffee und hielt den Blick ins Feuer gerichtet. »Seltsam«, setzte er noch hinzu, »der zeitliche und auch der räumliche Abstand, dieses Vierteljahr und diese 4000- bis 5000-Kilometer-Distanz, lassen alles auf einmal viel unbedeutender, geradezu belanglos erscheinen.«

Steve bestrich sich ein Stück von dem Bannock mit Marmelade und lehnte sich zurück. »Ich war in Vancouver an der Universität«, sagte er behaglich kauend, »und habe mich entschlossen, das Studium zu unterbrechen. Jetzt bin ich hier, das gefällt mir. Vielleicht gehe ich vor Anbruch des Winters wieder zurück. Wer weiß, ich muß mal sehen.«

»Sie sind aber nicht das erste Mal im Busch«, meinte der andere, seinen Gast ins Auge fassend. »Jedenfalls machen Sie nicht den Eindruck eines Greenhorns.«

»Nein, ich kenne mich aus. Sie offenbar auch, wie man sieht.«

David schürte das Feuer und legte einige Stücke Holz nach, denn es wurde langsam empfindlich kühl. »Ja, ich war schon oft im Norden«, erwiderte er, »das letztemal vor sechs Jahren. Diese Gegend läßt mich nicht los – am liebsten würde ich bleiben. Aber das muß gut überlegt sein. Von irgend etwas muß man schließlich leben, und allein mit der Jagd und dem Fallenstellen dürfte man seinen Unterhalt heutzutage kaum noch bestreiten können. Jedenfalls gehe ich nicht nach Toronto zurück, das steht fest. Stellen Sie sich vor: Ich habe dort mindestens drei Jahre nicht mehr Dudelsack gespielt, sagt das nicht alles?«

Er stand auf, verstaute sein Musikinstrument vorsichtig und gewissenhaft in einem Lederbeutel, um es vor der nächtlichen Feuchtigkeit zu schützen, setzte sich anschließend wieder an das wärmende Feuer und kramte eine Tabakspfeife hervor, die er umständlich zu stopfen begann.

»Wie sind Sie denn gerade hierher, an diesen abgelegenen See gekommen?« fragte Steve, der inzwischen am Bachufer das Geschirr abgewaschen hatte.

»Ich habe mich mit dem Kanu von einem Lastwagenfahrer am Quiet Lake absetzen lassen, wo die Straße von Johnsons Crossing nach Ross River vorbeigeht. Das war vor drei Wochen. Ich will an den Yukon und dann weiter bis nach Dawson City.«

»Und was treibt Sie dorthin?«

»Vor allem die Strömung«, gab der andere kurz und bündig zur Antwort. »Waren Sie schon einmal in Dawson City?«

»Noch nie. Der Ort muß sehr schön sein.«

»Schön ist nicht der richtige Ausdruck. Altertümlich, für hiesige Verhältnisse, zum Teil verfallen. Ein historischer Platz, legendenumwoben und pittoresk. Sie wissen vielleicht, daß die Stadt zur Zeit des großen Goldrausches bis zu 40 000 Bewohner zählte, das war um die Jahrhundertwende. Es gab binnen kurzem alle Annehmlichkeiten, Vergnügungsmöglichkeiten und auch Laster der Zivilisation, die man sich denken kann, und das mitten in der Wildnis. Es gab feine Hotels, teure Bars, eine Telegrafenstation, ein Postamt, Banken, Fachärzte, Juweliere, Wahrsager, eine Bücherei, Delikatessenläden, sogar ein Spielkasino. Und die Preise waren wahrhaft gesalzen, die Menschen lebten jahrelang wie im Fieber, im Goldfieber. Die Raddampfer schafften in den Sommermonaten alles heran, was das Herz begehrte; natürlich nur für den, der bezahlen konnte. Viele sind umgekommen, aber manche sind über Nacht reich geworden. Denn es wurde Gold im Werte von Millionen gefunden, allein im Jahre 1900 soll die Gesamtausbeute etwa 22 Millionen Dollar betragen haben. Das Paris des Nordens, sagte man damals. Inzwischen ist das alles Geschichte, heute ist alles ganz anders. Sie müssen sich den Ort bei Gelegenheit einmal ansehen.« Er klopfte seine Pfeife aus und stand auf.

Auch Steve erhob sich. »Haben Sie etwas dagegen, wenn ich mein Zelt aufbaue und über Nacht bleibe?« fragte er.

»Überhaupt nicht«, erwiderte David. »Ich habe seit drei

Wochen keinen Menschen mehr gesehen und bin froh, daß ich mich unterhalten kann. Das Buschleben ist ja ganz schön, aber wenn man längere Zeit allein ist, wird es eintönig.« Er löschte das Feuer und schaffte etwas Ordnung, während Steve zum Kanu ging, um sein Gepäck zu holen.

Das Lager am See

Beim Erwachen sah er durch das Moskitonetz vor seinem Zelteingang das frische Grün der Lichtung vor sich. Obwohl sein Zelt noch im Schatten lag, wurde es bereits sehr warm, denn die Sonne stand schon hoch über den Bäumen. Rasch schlüpfte er aus dem Schlafsack, zog Hose und Hemd an und trat vor das Zelt, wo er sofort von einer Wolke von Moskitos umgeben war. Das war die unangenehme Seite dieses sonst so erfreulichen Landstrichs.

Neben der Asche des Lagerfeuers hüpfte ein Greyjay herum und hielt Ausschau nach etwaigen Überresten der letzten Mahlzeit. Ein zweiter saß auf dem Rand des Kochtopfes, dessen Deckel er heruntergestoßen hatte; doch der Topf war leer, und der Vogel ließ beleidigt sein typisches Gekrächze ertönen, das ihm den Spitznamen »Whisky-Jack« eingebracht hat. Auf dem ganzen Lagerplatz fand sich kaum ein Krümel für das Federvolk. Auch der Proviant war sicher in den Säcken verstaut, die unerreichbar für hungrige Nager und womöglich herbeigelockte Bären an den Ästen der Pappel hingen.

Der rotblonde Hüne namens David schien noch fest zu schlafen, denn sein Zelt war verschlossen und zeigte keinerlei Anzeichen von Leben. Steve warf seinen Schlafsack zum Lüften über einen Busch. Er ging ans Bachufer, wusch sich, putzte seine Zähne und kämmte sich. Das kalte Wasser ließ ihn schnell munter werden, es weckte die Lebensgeister. Da steckte David seinen wirren Haarschopf aus dem Zelteingang – er sah aus, wie der Rübezahl aus dem Märchen – und rief einen Morgengruß herüber. Als nächstes reckte er sich ausgiebig, daß die Gelenke knackten.

Kurz darauf kam er herbei, um sich den Kamm auszuleihen. »Meiner ist mir in einen Fluß gefallen«, erklärte er, »ich konnte ihn nicht wiederfinden. So ist das in der Wildnis, wenn man nicht aufpaßt.« Verzweifelt versuchte er Ordnung in seine struppige Mähne zu bringen, was ihm mit einiger Anstrengung sogar leidlich gelang.

»Eigentlich könnten wir uns duzen«, sagte er unvermittelt und blickte Steve fragend an. Der nickte: »Ich wollte gerade dasselbe vorschlagen.« Sie reichten sich die Hand. Dann watete der Rübezahl, nur mit seiner Unterhose bekleidet, durch den Bach und verschwand zwischen den Büschen am Seeufer, um ein Bad zu nehmen, wie er bekanntgab. Offenbar machten ihm die Moskitos nicht viel aus, oder sie drangen nicht durch seinen »Pelz«, der mehr oder weniger den ganzen Körper bedeckte.

Steve schüttelte sich bei dem Gedanken an das eisige Wasser, das allerdings im See an flacheren Stellen etwas wärmer war als im Bach. Gegen die Mückenplage halfen ihm ein paar Tropfen Insektenöl, mit denen er Gesicht, Nacken und Hände einrieb. Er ließ den Proviant herunter, holte trockene Zweige und Fichtenzapfen aus dem Wald, schlug mit dem Beil einige abgestorbene Äste ab, die er zerkleinerte, und machte Feuer. In einem Topf rührte er etwas Mehl, Zucker und Backpulver mit Wasser zu einem Teig an, dem er noch eine Handvoll rasch gesammelter Beeren hinzufügte.

Als David mit gerötetem Gesicht und klappernden Zähnen zurückkam, waren die ersten Pfannkuchen bereits fertig, und der Kaffee dampfte in den Bechern. Sie ließen es sich schmecken.

»Gestern habe ich versucht, Seeforellen zu fangen«, berichtete David. »Es hat aber keine angebissen, obwohl ich mehrere Stunden geangelt habe. Dabei schmecken mir Seeforellen am besten von allen Fischen, die es hier gibt.«

Steve nickte. »Mir auch. Sie stehen bei dieser warmen Witterung sehr tief, ich schätze, etwa 30 bis 40 Meter.«

»Das hätte ich nicht gedacht«, staunte David. »Wollen wir es heute noch mal versuchen? Oder hast du es eilig?«

»Nein, ich habe Zeit. Dieser Platz eignet sich wirklich gut zum Lagern. Er liegt in der Nähe des Ufers, öffnet sich zum Hochwald, ein Bach führt vorbei; wenn wir ein paar Büsche abschlagen, kann man ein Stück des Sees überblicken und bis zu den Bergen schauen. Außerdem gibt es Beeren, Kräuter, Fische und Enten, wahrscheinlich auch Fichtenhühner und sogar Kaninchen, denn der Boden ist sandig. Was will man mehr? Meinetwegen können wir noch ein paar Tage bleiben.«

»Um dann gemeinsam weiterzufahren?«

»Ich hätte nichts dagegen einzuwenden. Zu zweit ist das Risiko geringer, und wir könnten es gemütlicher haben. Allerdings möchte ich noch im Juni in Whitehorse sein.«

»Bist du dort verabredet?«

»Nicht direkt. Ich kenne da jemanden, der Bauunternehmer ist. Bei ihm kann ich vielleicht drei oder vier Monate arbeiten, um etwas Geld zu verdienen. Ich bin zwar noch nicht abgebrannt, aber es könnte auch nicht schaden, meine Kasse wieder aufzufüllen.«

Gleich nach dem Frühstück fuhren sie mit einem der Kanus auf den See hinaus. Als sie weit genug vom Ufer entfernt waren, zog Steve die Angel aus, nahm seinen größten Blinker und befestigte ein massives Bleigewicht an der Schnur. Er ließ die Rolle ablaufen, bis das Gewicht den Grund berührte, holte einige Meter wieder ein und stellte die Rolle auf Zug. David paddelte vorn weiter, so daß ihr Kanu in Fahrt blieb. Der Blinker wurde in einer Tiefe von etwa 40 Metern hinterhergeschleppt.

»Ich bin gespannt, ob wir Glück haben«, meinte David. »Bisher habe ich vor allem Graylinge und Hechte gefangen, an der Bachmündung auch zwei Dolly Varden, aber nur eine einzige Seeforelle, die mir noch dazu im letzten Moment entwischte.«

»Dann müßte dir der Appetit auf Fisch eigentlich inzwischen vergangen sein«, lachte Steve. »Wie wär's denn zur Abwechslung mal mit Enten- oder Kaninchenbraten?«

»Nicht schlecht«, meinte sein Vordermann. »Wenn du dafür sorgst, lasse ich es mir gern gefallen. Mit meinen Fähigkeiten als Jäger ist es leider nicht weit her.«

Sie waren fast eine Stunde unterwegs, als der erste Biß kam. Die Angelrute bog sich auf einmal durch, als habe sich der Haken irgendwo auf dem Grund verfangen, die Rolle fing an zu knarren. Von den Bewegungen eines Fisches war zunächst nichts zu spüren. Dennoch schlug Steve an und begann zu drillen. Der Widerstand war sehr stark, doch mit einiger Mühe ließ sich die Schnur mehr und mehr einholen, bis nach einer Weile der Körper eines größeren Fisches im Wasser sichtbar wurde. Fast senkrecht und die helle Unterseite zeigend, tauchte er aus der Tiefe auf: eine prächtige Seeforelle. Als sie in die Nähe des Bootes kam, versuchte sie zu flüchten, und Steve mußte ihr Schnur geben. Er ließ nach, solange der Druck andauerte, und begann die Leine sofort wieder einzuholen, als sie schlaff zu werden drohte. Dieser Vorgang wiederholte sich mehrere Male. Dann wechselte die Forelle von einer Seite des Bootes auf die andere, aber Steve ging mit der Rute mit und hielt die Leine gespannt. Nach einigen Minuten schwamm der Fisch schließlich ermüdet an der Oberfläche, wo er sich auf die Seite legte. Der Haken saß gut, das konnte man erkennen. Vorsichtig holte Steve seinen Fang am Vorfach ins Kanu, noch bevor der Lebenswille der Forelle erneut erwachte. »Ein Kescher wäre jetzt hilfreich«, brummte er dabei. »Zur Not geht es aber auch so.«

»Sie wiegt mindestens zwölf Pfund«, freute sich David, die Beute bewundernd. »Allein hätte ich die niemals herausbekommen. Hechte scheinen weniger zu kämpfen als Seeforellen. – Ob ich es auch einmal versuche?«

»Warum nicht. Sie streifen meistens zu mehreren – in sogenannten Schulen – herum; es müßten also an dieser Stelle noch mehr zu fangen sein.« Er tötete den Fisch durch einen Schlag auf den Kopf, löste ihn vom Haken und gab David die Angel. Kurz darauf fingen sie tatsächlich eine zweite, etwa achtpfündige Forelle.

»Das reicht«, sagte Steve, »damit haben wir für heute und morgen ausgesorgt.«

Sie fuhren zu einer kleinen mit Fichten bestandenen Insel in der Nähe, wo sie sich ein wenig die Beine vertreten wollten. Der Waldboden war übersät mit Loganberries, und David schlug vor, einen Vorrat zu sammeln, um daraus später Marmelade zu kochen. Er zog einen Plastikbeutel aus der Tasche, den sie innerhalb kurzer Zeit gefüllt hatten, denn die Beeren wuchsen dicht an dicht. Schon nach einer halben Stunde stiegen sie wieder ins Kanu und machten sich auf den Rückweg.

Der See lag spiegelglatt vor ihnen, nur zum Teil überschaubar, da er sich in mehreren Krümmungen durch ein langgestrecktes flaches Tal wand und nach verschiedenen Seiten hin ausweitete. Gleichmäßig zogen sie ihre Bahn, jeder mit seinen eigenen Gedanken beschäftigt. Diesmal schlugen sie den direkten Weg ein und kamen in Ufernähe über flachere Stellen, wo im klaren Wasser der mit Pflanzen bewachsene Seeboden erkennbar wurde, dazwischen manchmal Fische, einmal sogar eine Bisamratte, die sich rasch und gewandt entfernte. Auch einige Enten und Taucher waren auf dem Wasser zu sehen, hoch in der Luft kreiste ein Weißkopfadler. Am hügeligen Ufer standen riesige Fichten, auch einige Pappeln und Lärchen.

Es war sehr warm geworden, so daß sie bald ins Schwitzen kamen. »Man müßte sich einfach hier am Seeufer ein Blockhaus bauen und bleiben«, sagte David auf einmal und hörte auf zu paddeln. »Holz ist genug da, man könnte für den Winter Fische räuchern und im Herbst einen Elch oder ein Karibu schießen, um sich mit Fleisch zu versorgen. Die Natur liefert fast alles, was man braucht. – Hast du nicht Lust mitzumachen?«

»So einfach geht das wohl nicht«, erwiderte Steve. »Wie ich gehört habe, brauchst du eine Genehmigung, wenn du ein Blockhaus bauen willst. Sogar in dieser abgelegenen Gegend. Die Forstbehörde soll solche Genehmigungen nur äußerst selten erteilen und ungenehmigte Gebäude wieder abreißen lassen. Du brauchst ja für nahezu alles heutzutage eine Genehmigung und bekommst Schwierigkeiten, wenn du die Bestimmungen nicht einhältst. Die finden dich mit ihren Hubschraubern selbst im tiefsten Busch.«

»Wir könnten einen Goldclaim abstecken und anmelden. Dann dürften wir darauf eine Hütte bauen, ich habe mich genau darüber informiert. Vielleicht fänden wir sogar Gold; es wurde in dieser Region früher viel danach gesucht und an manchen Stellen auch einiges gefunden. Außerdem könnten wir uns eine Lizenz zum Fallenstellen holen. Ein bißchen Geld habe ich auch noch, so daß wir uns die nötige Ausrüstung anschaffen und mit Lebensmitteln eindecken könnten. Was meinst du, hört sich das nicht gut an?«

»Ein richtiger Plan«, lachte Steve und ließ das Kanu treiben, »fast schon ein Lebensentwurf. Vor drei Jahren habe ich diese Überlegungen schon einmal angestellt. Ich war seinerzeit allein unterwegs und beabsichtigte, in der Wildnis zu bleiben. Aber dann habe ich ziemlich schnell festgestellt, daß mir die Menschen fehlten und daß die Zivilisation – trotz aller Auswüchse und unangenehmen Aspekte – auch ihre positiven Seiten hat. Frische Luft und grüner Wald reichen eben nicht aus; mir wenigstens nicht. Was machen wir denn hier? Wir hacken Holz, angeln Fische, gehen auf die Jagd, kochen Essen, paddeln mit dem Kanu herum, streifen durch den Busch. Was hat das mit Kultur zu tun? Eine Blinddarmentzündung, ein Beinbruch oder eine Blutvergiftung sind lebensgefährlich. Im Grunde ist das ein Rückfall in die Steinzeit! Du führst ein Außenseiterdasein. Und wenn du dich nicht mit ausreichenden Grundnahrungsmitteln, Kleidung, Munition, Medikamenten, Werkzeugen, Angelzubehör und so weiter ausgerüstet hast, könntest du auf die Dauer sowieso nicht überleben. Der Kontakt zur Zivilisation ist unentbehrlich.«

»Du hast schon recht«, brummte David. »Dieser See ist etwas sehr abgelegen. Für ein paar Wochen oder Monate ist es hier wunderschön, für immer wäre es wahrscheinlich nicht das richtige. – Aber reizen würde es mich doch. Ich glaube, ich sollte es einmal versuchen. – Jedenfalls bin ich meine Magenbeschwerden los, die mich in letzter Zeit in Toronto geplagt haben; das ist schon ein großer Gewinn.«

Als sie um die Spitze einer Halbinsel bogen, schwamm vor ihnen ein Biber im Wasser, der sie neugierig beäugte und sogar noch näher herankam. Erst als sie auf ihn zuhielten, tauchte er kurz vor dem Boot mit lautem Klatschen unter und kam nach längerer Zeit weit entfernt wieder zum Vorschein. »Sie sind sehr zutraulich«, sagte David. »Mich hat neulich einer beim Angeln gestört. Er umkreiste mich fast eine Stunde lang und verzog sich erst, nachdem ich mit Holzstücken nach ihm warf.«

Am späten Nachmittag erreichten sie ihren Lagerplatz, und der Hunger machte sich bemerkbar. Während David am Bachufer die Fische ausnahm und filierte, zündete Steve das Feuer an. Er stellte Kaffeewasser auf, füllte die Beeren in einen Topf, gab Zucker dazu und kochte Marmelade. Etwas Brot war noch vorhanden, das sie zum Fisch essen konnten. Als Gemüse gab es gedünstete Wegerichblätter, die Steve sehr schmackhaft mit Speck und Zwiebeln zubereitete. »Man muß sich seine Freiheit jeden Tag aufs neue erarbeiten«, meinte er grinsend, als sie endlich vor ihren gefüllten Tellern saßen. »Fische fangen, Beeren und Kräuter sammeln, kilometerweit paddeln, kochen. Aber bei diesem herrlichen Wetter ist es wirklich einfach, hier zu leben. Man möchte mit niemandem tauschen.«

Nachdem sie Kaffee getrunken hatten, ließen sie das Feuer ausgehen und blieben noch eine Weile schweigend sitzen. Ein leichter Wind, der die Mücken vertrieb, wehte vom Wasser herüber, und sie genossen unbehelligt die beginnende Kühle des Abends, müde und zufrieden. Ein paar Enten flogen dicht über sie hinweg auf den See hinaus, über den der klagende Ruf der Eistaucher schallte, fast wie ein lautes, ein bißchen trauriges Lachen. David wollte gerade aufstehen, um seinen Dudelsack zu holen, da raschelte es deutlich vernehmbar hinter Steves Zelt am Rande der Lichtung.

»Vielleicht ein Stachelschwein«, meinte er, »ich schaue lieber mal nach. Sie sind ganz wild auf Salz und haben mir sogar schon einmal ein Paddel zernagt; wahrscheinlich hatte der Schweiß daran ihren Appetit angeregt.«

Er lief hinüber, doch es war nichts zu sehen. Allerdings schienen sich die Zweige eines wenige Meter entfernten Weidenbusches ein wenig zu bewegen. Vorsichtig schlich er näher und überlegte gerade, ob er nicht lieber zurückgehen und sein Gewehr holen sollte, als sich das Gebüsch teilte und er urplötzlich einem Bären gegenüberstand. Es war ein ausgewachsener Schwarzbär, groß wie ein Kalb, der ihm schnüffelnd entgegenkam, kaum drei Meter entfernt. Steve zuckte zusammen und meinte zu spüren, wie sich seine Haare sträubten. Obwohl er schon mehrfach Bären begegnet war, stand er wie angewurzelt. In demselben Moment hob der Bär den Kopf, sah den Menschen vor sich – und zuckte ebenfalls zusammen. Der Schreck durchfuhr ihn so stark, daß er sich fast auf die Hinterhand setzte. Dieser Vorgang dauerte aber nur einen Augenblick. Dann hatte sich das massige Tier mit einer Behendigkeit, die man ihm nicht zugetraut hätte, schon umgewandt, als habe man es bei einem Einbruch auf frischer Tat ertappt, und war in den Büschen verschwunden.

Jetzt erst erwachte Steve aus seiner Erstarrung und rief David zu: »Ein Bär! Er ist in den Wald gelaufen!« Sekunden später stand David schnaufend neben ihm, seine Flinte in der Hand, die er blitzschnell mehrmals repetierte, daß die Patronen ins Gras flogen. »Warum hast du das gemacht?« fragte Steve verblüfft.

»Das Repetieren? Im Magazin steckten sechs Patronen, drei Schrotpatronen und dahinter drei Flintenlaufgeschosse, sogenannte Slags oder auch Brenneke. Da ich einen Bären nicht mit Schrot schießen kann, mußte ich also zuerst die Schrotpatronen auswerfen.« Er sammelte sie ein.

»Ach so«, sagte Steve, dem bereits wieder ein Grinsen gelang. »Ich dachte gerade, du hättest dich ebenso erschrokken wie ich und kämst mit deinem Gewehr nicht zurecht.«

»Daß ich damit umgehen und schießen kann«, entgegnete David beleidigt, »das hätte ich dir bewiesen.« Da der Bär verschwunden war, gingen sie zurück zum Lagerplatz, und David fügte noch hinzu, jetzt ebenfalls grinsend: »Falls es erforderlich gewesen wäre. Ob ich getroffen hätte, ist natürlich eine andere Frage.«

Sie setzten sich und machten es sich erneut bequem. »Was war es denn«, wollte David wissen, »etwa ein Grizzly?«

»Nein, ein Schwarzbär. Aber ganz schön groß.«

»Na ja, die sind nicht so gefährlich. Obwohl man auch bei ihnen niemals weiß, woran man ist. Im vergangenen Jahr habe ich in der Zeitung gelesen, daß auf dem Alaska-Highway ein Mann von einem Schwarzbären angefallen und zerfleischt worden ist. Er war doch tatsächlich mit dem Fahrrad unterwegs – so eine Art Globetrotter –, und der Bär muß ihn wohl für einen besonders schmackhaften Bissen gehalten haben, der vor ihm Reißaus nehmen wollte. Dabei ernähren sich Bären hauptsächlich vegetarisch, aber sie scheinen auch Fleisch nicht abzulehnen und sehr unberechenbar zu sein, besonders wenn sie hungrig sind oder sich angegriffen fühlen. – Hast du schon einmal Bärenfleisch gegessen?«

»Mehrmals und mit Appetit. Man muß es nur gut durchbraten, weil die Viecher Trichinen haben können. Ein Polarforscher, habe ich einmal gelesen, soll daran gestorben sein, nachdem er das halbrohe Fleisch eines Eisbären verspeist hatte. – Stachelschweine kann man übrigens auch essen; sie schmecken sogar recht gut, so ähnlich wie Hase. Allerdings können sie meines Wissens ebenfalls trichinös sein, man muß also aufpassen. Ich habe das Fleisch beim erstenmal nur gegessen, weil ich fast am Verhungern war. Die Indianer aßen es früher viel, zumal dieses Wild in Nordamerika weit verbreitet ist; aber sie haben ja auch Raben oder Bisamratten gegessen. – Heute kaufen sie, wie alle anderen, im Supermarkt ein. Am liebsten im Liquor-Store: Schnaps oder Bier. Es ist schon ein Trauerspiel mit ihnen.«

Steve hatte sein Gewehr neben sich ins Gras gelegt, und David sah es sich an. »Ein Schrotlauf und darunter ein Kugellauf für Kleinkaliber«, stellte er überrascht fest.

»Eine Büchsflinte«, erklärte Steve. »Ich finde sie praktisch, weil ich Kleinwild wie Kaninchen, Enten und Hühner fast nur mit Kleinkaliber schieße. Das ist am billigsten; außerdem nehmen die Patronen nur wenig Platz weg, sie wiegen nicht viel und zerstören nicht so viel Fleisch. Bis 50

Meter kann ich aber auch mit Schrot und auf größeres Wild mit Flintenlaufkugeln schießen.« Er betrachtete Davids Gewehr, eine alte, arg strapazierte Schrotflinte mit Repetierpumpe und Rohrmagazin unter dem Lauf. David zeigte ihm den Mechanismus. »Ich benutze lieber Schrot«, sagte er, »damit treffe ich wenigstens. Und wenn hinter dem nächsten Busch ein Bär hervorkommt und mich angreifen will, kann ich mit Slags schießen. Die reißen Löcher so groß wie ein Tennisball. Ich habe die Flinte für 80 Dollar alt gekauft und muß sagen, daß mir solche Geräte immer etwas unheimlich waren und wohl auch bleiben werden. Obwohl ich mich damit vertraut gemacht habe und mittlerweile einigermaßen damit umzugehen weiß.«

Sie lagen im Gras und unterhielten sich noch lange weiter, bis die nächtliche Kälte sie schließlich in ihre Schlafsäcke trieb.

Unverhoffter Besuch

Der Vormittag war bereits fortgeschritten. Sie hatten gerade ihr Frühstück beendet, als in der Luft ein Vibrieren aufkam, ein fernes Summen, das langsam lauter wurde und in ein Dröhnen überging: das Motorengeräusch eines Flugzeugs. Es war ein Hubschrauber, der jetzt über dem See sichtbar wurde, mehr und mehr an Höhe verlor und knatternd den Lagerplatz überflog. Sie winkten, und die Maschine kam noch weiter herunter.

»Sie scheinen hier landen zu wollen«, sagte David, »wahrscheinlich haben sie den Rauch unseres Lagerfeuers gesehen. Wenn mich nicht alles täuscht, ist es die Royal Canadian Mounted Police. Die Königlich Kanadische Berittene Polizei.«

»Tatsächlich!« rief Steve. »Polizisten! Was wollen die denn hier?«

»Hast du eigentlich einen Waffenschein und Lizenzen zum Angeln und Jagen!« brüllte David gegen den immer lauter werdenden Lärm an.

»Hab' ich! Aber ich kann mir nicht vorstellen, daß sie deswegen kommen!«

Der Hubschrauber zog eine enge Kurve und ging am Bachufer allmählich herunter. Steve schüttete rasch etwas Wasser auf das Feuer, weil von dem Luftzug die Funken zu sprühen begannen. Die Rotorblätter drehten sich noch ein paarmal, dann öffnete sich die Tür, und einer der beiden Insassen kletterte heraus, während der andere am Steuerknüppel sitzenblieb.

»Merkwürdig«, brummte David, »jedesmal, wenn ich Polizisten sehe, habe ich ein schlechtes Gewissen, obwohl überhaupt kein Grund dazu besteht.«

»Manchmal benehmen sie sich auch dementsprechend«, sagte Steve. »Es ist wie bei den Bären: Man weiß nie, woran man mit ihnen ist.«

Der Polizeibeamte, ein hochgewachsener, breitschultriger Mann in den Vierzigern, kam auf sie zu und grüßte kurz. Er trug lediglich Uniformhose und -hemd sowie Lederstiefel, am Koppel eine Pistolentasche, deren Klappe geöffnet war. Sein Blick wanderte herum, registrierte die beiden Zelte, die Ausrüstungsgegenstände, die am Stamm der Pappel lehnenden Gewehre.

»So früh am Morgen schon so hoher Besuch!« begrüßte ihn David. »Was hat Sie denn in diese abgelegene Gegend verschlagen?«

»Wir befinden uns auf einem Patrouillenflug und sahen hier Rauch aufsteigen.«

»Kommen Sie«, lud David ihn ein, »der Kaffee ist noch heiß, und etwas Bannock ist auch noch da. Rufen Sie Ihren Kollegen, leisten Sie uns ein bißchen Gesellschaft.«

»Schönen Dank«, erwiderte der Beamte mit unbewegtem Gesicht. »Wir kommen gern auf Ihr freundliches Angebot zurück. Zunächst möchte ich aber Ihre Ausweispapiere sehen.«

David, der gerade im Begriff war, einige noch qualmende Holzstücke zusammenzuschieben, hielt überrascht inne und kratzte sich mürrisch am Kopf. »Nun ja«, sagte er polternd, »wenn Sie zuerst Ihren Amtsgeschäften nachgehen müssen . . .« Er drehte sich um und ging auf sein Zelt zu.

»Wohin wollen Sie!« rief ihm der Beamte hinterher; seine Stimme klang scharf. »Haben Sie nicht verstanden!« Doch der dickfellige Schotte kümmerte sich überhaupt nicht darum, sondern stapfte unbekümmert weiter.

Da zog der Polizist plötzlich seine Pistole. Er sprang einige Schritte beiseite, und hinter dem Hubschrauber erschien im selben Moment der zweite Beamte mit einem Gewehr in der Hand, das er an die Schulter zog.

Verdutzt blieb David stehen und blickte von einem zum anderen. »Was soll denn das?« fragte er ärgerlich und ein wenig hilflos. »Ich wollte doch nur meine Ausweispapiere aus dem Zelt holen. Spielen wir hier Räuber und Gendarm, oder was ist los?«

»Das werden Sie zeitig genug erfahren«, fuhr ihn der Beamte an, dessen Pistolenmündung auf seine Brust zeigte. »Also, wo haben Sie die Papiere?«

»Dort im Zelt unter meiner Isoliermatte.«

Während ihn sein Kollege mit dem Gewehr absicherte, schlüpfte der Beamte ins Zelt, aus dem er kurz darauf mit einer kleinen Ledertasche in der Hand wieder hervorkam. »Jetzt zu Ihnen«, sprach er Steve an, der sich bis dahin nicht vom Fleck gerührt und die Szene eher wie einen Kriminalfilm mitverfolgt hatte. Steve löste seinen Brustbeutel vom Hals, nahm seinen Reisepaß heraus und reichte ihn dem Polizisten, der sich sorgfältig aus der Schußbahn des Gewehrs heraushielt, indessen er die Ledertasche durchsuchte, sich den darin befindlichen Ausweis und danach auch Steves Reisepaß genauestens ansah. Seine Pistole steckte griffbereit im Hosenbund.

»Sie kommen also aus Toronto?« wandte er sich David zu, der die Frage bestätigte. »Seit wann halten Sie sich hier im Norden auf?«

»Seit ungefähr drei Monaten. Falls Sie daran Zweifel haben, schauen Sie sich die Arbeitsbescheinigung meiner ehemaligen Firma an, die sich unter den Papieren in Ihrer Hand befindet.«

»Und was machen Sie hier?«

»Ich reise. Das wird doch hoffentlich noch erlaubt sein. Ich komme von Watson Lake und habe vor, den Big Salmon und Yukon hinunter nach Dawson City zu fahren, wo ich einige Leute kenne.«

Der Beamte blätterte, las und machte sich einige Notizen. »Alles klar«, sagte er nach einer Weile, »ich muß mich bei Ihnen entschuldigen.« Er steckte seine Pistole ins Halfter, winkte seinem Kollegen und gab die Ausweisunterlagen zurück. »Sie müssen das verstehen«, erklärte er, jetzt sehr freundlich und etwas verlegen, »wir sind auf der Suche nach einem Mörder. Aber lassen Sie uns erstmal den versprochenen Kaffee trinken, dabei unterhält es sich besser.«

Der andere Polizist hatte sein Gewehr inzwischen zum Hubschrauber zurückgebracht und kam mit zwei Blechtassen heran und mit Zigaretten. Sie setzten sich, steckten sich eine Zigarette an, und Steve schenkte Kaffee ein.

»Vor einigen Wochen«, begann der Beamte zu berichten, »wurde in der Nähe von Atlin im nördlichen Britisch-Kolumbien ein Trapper umgebracht. Der Täter war offensichtlich der nächste Nachbar, ebenfalls ein Trapper, der nach der Tat geflüchtet ist. Die Fallenstrecken der beiden grenzten aneinander, und es hatte schon mehrfach Auseinandersetzungen deswegen gegeben, die zum Schluß sehr ernsthaft geworden waren. So soll zum Beispiel der Ermordete auf seinen Nachbarn geschossen haben, weil der ihm angeblich Pelztiere aus den Fallen entwendet hatte. Jedenfalls wurde das in Atlin erzählt. Daraufhin muß wohl der Täter eines Tages zum Blockhaus des anderen geschlichen sein, ihm aufgelauert und ihn erschossen haben. – Kurz darauf landeten zwei Beamte von uns, die sich auf einem Ermittlungsflug befanden, dort mit ihrem Hubschrauber und wurden aus der Hütte heraus beschossen; sie konnten sich jedoch ohne Verletzungen in Sicherheit bringen. Wie der Mord im einzelnen durchgeführt wurde und was anschließend weiter geschah, ließ sich bedauerlicherweise nicht mehr rekonstruieren. Denn als eine Truppe unserer Leute am nächsten Tag dort erschien, war die Hütte abgebrannt, und man fand nur noch die verkohlte Leiche des Opfers. Wir gehen jedoch davon aus, daß der Täter diesen Brand gelegt hat, um die Spuren zu verwischen. Nun sind sämtliche Polizeistationen im nördlichen Kanada auf der Suche nach dem Mörder, der vor zwei Wochen bei Johnsons Crossing gesehen worden ist. Wir nehmen an, daß er sich entweder über das Mackenzie-Gebirge in die Nordwest-Territorien absetzen will oder über die Pelly-Berge in Richtung Alaska unterwegs ist. So weit der Sachverhalt.«

»Sehr interessant«, schnaufte David, der aufmerksam zugehört und bisher noch keinen einzigen Schluck von seinem Kaffee getrunken hatte. »Ich verstehe allerdings immer noch nicht Ihr merkwürdiges Vorgehen hier in unserem Camp und hoffe doch sehr, daß Sie uns dafür eine geeignete Erklärung geben können. Meines Wissens leben hier im Norden einige Tausend Menschen, darunter auch eine größere Anzahl von Männern, die wie Trapper aussehen. Sie werden doch hoffentlich nicht jedem von ihnen bei einer Ausweiskontrolle Ihre Pistole vor die Nase halten. Oder sollten sich die Sitten inzwischen tatsächlich so grundlegend geändert haben?«

»Ich kann Ihre Verärgerung verstehen«, sagte der Beamte, dem anzumerken war, daß ihm die ganze Angelegenheit im nachhinein peinlich war. »Deswegen will ich Ihnen kurz eine Beschreibung des Gesuchten geben: Er ist 42 Jahre alt, ungefähr 1,90 Meter groß, von kräftiger Statur und hat rotblondes Haar.«

»Aha!« rief David und begann zu schlucken. »Sie dachten doch nicht etwa, ich sei der Gesuchte!«

»Das dachte ich tatsächlich. Und ich möchte Sie deswegen nochmals um Entschuldigung bitten. Normalerweise gehen wir nicht gleich so grob vor; aber der Mann ist gefährlich und hat schon auf zwei unserer Leute geschossen.«

»Ja, wenn das so ist«, seufzte David, »dann muß ich Ihre Entschuldigung wohl annehmen.« Und er fügte noch hinzu: »Da kann ja noch einiges auf mich zukommen, wenn Sie Ihren Mörder nicht bald fangen.« Er nippte bedrückt an seinem Kaffee.

»Das glaube ich nicht. Wir werden Ihre Personalien und eine genaue Personenbeschreibung an unsere Zentrale in Whitehorse durchgeben, und die Suchtrupps werden davon in Kenntnis gesetzt, daß Sie sich zur Zeit in diesem Gebiet aufhalten.«

»Ihnen wären solche Unannehmlichkeiten erspart geblieben«, schaltete sich der andere Beamte ein, » wenn Sie sich bei unserer Dienststelle in Watson Lake abgemeldet hätten, wie es eigentlich üblich ist, wenn man für längere Zeit allein in die Wildnis geht.«

»Ist das Vorschrift?« fragte David kurz angebunden.

»Nein, nur eine Empfehlung im Interesse der Touristen.«

»Ich bin kein Tourist«, entgegnete David mißmutig.

»War nicht so gemeint«, lenkte der andere Beamte ein und erhob sich. »Übrigens hatten wir vergessen, uns vorzustellen: Mein Name ist Harrison, Sergeant, und das ist Konstabler Joung. Wir müssen weiter und möchten uns verabschieden. Können wir vielleicht noch etwas für Sie tun? Ich meine, sollen wir einen Brief mitnehmen oder eine Nachricht übermitteln...«

Da verzog sich Davids Gesicht zum erstenmal wieder zu einem breiten Grinsen. »Sie könnten mir einen Kamm dalassen«, sagte er, »falls Sie einen entbehren können.«

Minuten später begannen sich die Rotorblätter zu drehen, die Polizeimaschine hob ab und entfernte sich in raschem Flug über den See.

»Ganz nette Burschen«, freute sich David, der den neuen Kamm gleich an seinem verfilzten Bart ausprobierte.

»Wir brauchten nicht einmal unsere Waffenscheine und Lizenzen vorzuzeigen«, warf Steve amüsiert ein.

»Ja, du hast recht!« rief David, und es war nicht ganz sicher, ob er es ironisch meinte. »Und sieh mal: Sogar die Packung Zigaretten haben sie uns geschenkt! Wirklich sympathisch, diese Beamten von der RCMP.«

Sammler und Jäger

Über rundgeschliffene Steine, Felsbrocken, Sandbänke und Geröllhalden ging es ständig leicht bergauf. Der Bach, dem sie seit dem frühen Morgen vom Lager aus gefolgt waren, führte um diese Jahreszeit schon kein Hochwasser mehr, so daß sich sein breit ausgewaschenes Bett als Weg benutzen ließ. Wo er sich zwischen vom Wasser geglätteten Felsen verengte und vertiefte oder von dem Astgewirr umgestürzter Bäume gesperrt wurde, mußten sie jedoch in den Wald ausweichen und sich ihren Pfad durch Gebüsch, trockenes Gestrüpp und um querliegende Baumriesen herum bahnen. Aufmerksam hielten sie Ausschau nach Wild, doch außer einigen Bachstelzen, Meisen und Finken war kein Lebewesen zu erblicken.

Als sie an eine Stelle kamen, wo ein kleines Nebengewässer über die felsige Böschung herabstürzte und einen Teich bildete, beschlossen sie zu rasten.

»Ein ausgezeichneter Platz zum Goldsuchen«, meinte David. Er zog seine Gerätschaften, eine Blechpfanne, Beil und Klappspaten, aus dem Rucksack und außerdem ein großes Stück Bannock, von dem er die Hälfte abbrach. Steve hatte sich inzwischen auf einem Stein niedergelassen und nahm einen tiefen Schluck aus der Feldflasche, die er dann mit den Worten weitergab: »Ein saftiger Braten wäre mir lieber.«

»Es ist wahr«, erwiderte David kauend, »alles Gold auf

dieser Welt nützt nichts, wenn der Magen knurrt. Wir hätten ein paar Fischfilets trocknen sollen. – Aber könnten wir uns die Arbeit nicht teilen? Wie wäre es, wenn ich mich um das Gold kümmerte und du für den Braten sorgen würdest?«

»Einverstanden«, griff Steve den Vorschlag auf. »Du wirst dich ja sicherlich mehrere Stunden hier vergnügen wollen, so daß mir Zeit genug bleibt, ein wenig die Umgebung zu erkunden und nach Verpflegung Ausschau zu halten. Laß mir aber noch einen Rest Kaffee in der Flasche; du kannst besser Wasser trinken, wenn du so großen Durst hast.« Er nahm sein Stück Brot, warf sich das Gewehr über die Schulter und kletterte die steile Uferböschung hinauf in den Wald. Nachdem es noch einige Male geknackt und geraschelt hatte, wurde es still hinter ihm.

David begutachtete einige der umherliegenden Kiesel und ließ den Sand, der sich hier und da zwischen den Steinen abgelagert hatte, durch die Finger rinnen. »Nicht schlecht«, murmelte er vor sich hin, »vielleicht haben wir Glück. Quarz und schwarzer Sand deuten jedenfalls darauf hin, daß Gold vorhanden sein könnte.« Rasch beendete er sein bescheidenes Mahl, nahm das Arbeitsgerät und begann neben einem Felsen in der Nähe des Wasserfalls den sandigen Boden aufzugraben. Bei seinen gewaltigen Körperkräften dauerte es auch nicht lange, bis er ein tiefes Loch ausgehoben hatte, aus dem er die schweren Felsbrocken, auf die er immer wieder stieß, mit unermüdlichem Eifer herauswuchtete. Dabei sprach, schimpfte und lachte er gelegentlich vor sich hin, wie es die Art von Menschen ist, die häufig allein sind. Hätte ihm jemand unbemerkt zugeschaut, wäre er vielleicht zu der Vermutung gelangt, hier einen Verrückten vor sich zu haben.

Doch ein durchgehender felsiger Untergrund war immer noch nicht erreicht, als in der Grube bereits langsam das Wasser zu steigen begann, das von allen Seiten her nachsikkerte. Alles Fluchen half nichts, David stand nach kurzer Zeit bis an die Knie im Wasser. Da füllte er mit dem Spaten schnell noch etwas Sand und Geröll von ganz unten in seine Blechpfanne, schleppte sie zum Bach und begann mit kreisenden und schüttelnden Bewegungen das womöglich vorhandene Gold herauszuspülen. Er fand auch tatsächlich einige »Farben«, wie ein echter Goldsucher gesagt haben würde, die sich zum Schluß auf dem Boden der Pfanne abgesetzt hatten. Aber das, was da kaum größer als ein Staubkorn drei-, viermal gelblich in dem dunklen Sand schimmerte, war überhaupt nicht der Rede wert. Immerhin, es war ein Zeichen dafür, daß es an diesem Bach oder einem seiner oberen Zuläufe Gold gab. Aller Wahrscheinlichkeit nach und den physikalischen Gesetzen entsprechend, hatte es sich bei einem spezifischen Gewicht von 19,3 in der untersten Geröllschicht über dem Felsboden abgelagert, wenigstens ein Teil davon.

Nachdenklich blieb er am Ufer stehen und sah dem im Sonnenlicht funkelnden Wasserfall zu, der aus einer Höhe von etwa acht bis zehn Metern in eine fast runde, vom Wasser ausgespülte Vertiefung stürzte. Sein ganzes Trachten ging jetzt nach Gold. Wie konnte er an das begehrte Metall herankommen? Es war da, es mußte da sein! Es brauchte nur noch gefördert zu werden. Je länger er der Bewegung des Wassers zusah, desto deutlicher bildete sich in seinem Kopf die Vorstellung heraus, daß in dieser natürlichen Wanne, in die das Wasser mit großer Wucht hineinfiel und worin es sich mit der Strömung des Hauptbaches in einem kreisenden Strudel vereinigte, Gold zu finden sein mußte. Unten, in vielleicht zwei Meter Tiefe, auf dem nackten Felsboden.

Er hatte eine Idee, die sich immer mehr verfestigte: Wenn sich der Wasserfall irgendwie abstellen und die Strömung des Hauptbaches auf die andere Seite seines an dieser Stelle verhältnismäßig breiten Bettes verlegen ließe, wäre es möglich, die Vertiefung zu untersuchen. Er wußte auch schon, wie er dabei vorzugehen hatte, und zögerte keinen Augenblick mit der Ausführung seines Plans. Als erstes erklomm er die Uferböschung, schritt den oberen Wasserlauf ab und fand bald darauf eine für seine Zwecke geeignete Stelle. Sofort begann er, wie ein Berserker wütend, eine Sperre aus Baumästen und Felsblöcken zu errichten. Und es dauerte keine Stunde, da hatte das Wasser einen neuen Weg gefunden; es traf nun 50 Meter weiter unten auf den Hauptbach. Bei der Rückkehr zu seinem Ausgangspunkt stellte David befriedigt fest, daß es einen Wasserfall nicht mehr gab.

Jetzt ging er daran, in der Mitte des Bachbettes einen Damm aus Steinen und Baumstämmen zu bauen, um die Strömung an seiner Goldmine vorbeizuleiten. Diese Arbeit dauerte schon etwas länger, und sie brachte ihn mächtig ins Schwitzen. Er mußte riesige Felsbrocken beiseite hebeln und mehrere angeschwemmte Bäume aus dem Wege schaffen, was nur unter Einsatz aller ihm zur Verfügung stehenden Kräfte gelang. Manchmal stand er bis zum Bauch in dem kalten Wasser oder fiel sogar der Länge nach hinein. Doch er schaute weder rechts noch links, sondern arbeitete ununterbrochen und wie in Trance, nur von der einen Vorstellung besessen: Gold.

Schließlich war auch diese Arbeit geschafft, und es galt

noch, mit dem behelfsmäßigen Werkzeug eine Rinne freizulegen, die das strömende Wasser – war es erst einmal umgeleitet – von allein vertiefen würde. Als David auch damit fertig war, verlängerte er zum Schluß bachaufwärts seinen Damm bis zum Ufer und lenkte so das strömende Wasser in den vorbereiteten Kanal. Das Vorhaben gelang, wie es geplant war.

Nach ungefähr fünf Stunden schwerster körperlicher Anstrengungen richtete sich David zum erstenmal wieder auf und verschnaufte – aber nicht lange. Denn kaum hatte er gesehen, daß aus der Vertiefung, in die sich vorher der Wasserfall ergossen hatte, ein stehendes Gewässer geworden war, da begann er sich bereits hastig zu entkleiden. Und ohne weiter zu überlegen oder zu zögern, griff er nach der Waschpfanne und stieg in das kalte Wasser, das ihm bis an den Hals heranreichte. Vor Kälte zitternd, tauchte er immer wieder unter, füllte die Pfanne mit dem Geröll, das er eilig auf dem Grund zusammenschob, und leerte sie am Rand des Gewässers.

Währenddessen hatte sich Steve mit einiger Mühe durch das Unterholz einen Abhang emporgearbeitet. Jeder Schritt kostete Anstrengung in dieser Wildnis, fast jede Bewegung verursachte Geräusche. Er mußte sich ein günstigeres Jagdrevier suchen, das war ihm klar. Hier war der Wald zu unübersichtlich, das Unterholz zu dicht. Zwar dämpfte das tiefe Moos seine Schritte, aber die Kleidung schabte an den Büschen, trockene Zweige brachen ab, unter den Sohlen knackten die im Moos verborgenen Äste. Das Wild – sofern es überhaupt vorhanden war – hörte ihn schon von weitem und ging ihm aus dem Weg oder verhielt sich ruhig. Er suchte nach einem Wildwechsel oder nach Kaninchenpfaden, fand jedoch keine Spur von Tieren. Als sei der Wald ausgestorben.

Da er kein Gepäck zu tragen brauchte, kam er doch verhältnismäßig rasch voran und erreichte bald den Rücken des Höhenzuges, der den Bachlauf begleitete. Die Bäume begannen etwas lichter zu stehen, das Dickicht war nicht so verfilzt, das Vorwärtskommen wurde leichter. Er setzte sich zum Verschnaufen auf den Stamm einer umgestürzten Lärche und aß erst mal sein Brot. Dann ging er wieder weiter, ohne jedoch einen Blick auf die tieferliegende Landschaft werfen zu können; dafür wuchsen die Bäume zu hoch. Der Abhang war auch nicht sehr steil und schien in eine höhergelegene Ebene überzugehen. Er fand einen Wildwechsel, dem er eine Weile folgte, bis er vor sich zwischen den Baumwipfeln einen Berg erblickte, der den Höhenrücken um einiges überragte. Darauf hielt er zu. Manchmal sah er die schon älteren Spuren von Karibus und Elchen, hier und da auch deren Losung.

Da flatterten vor seinen Füßen mehrere Fichtenhühner auf – er war fast auf sie getreten – und setzten sich unweit in die dürren Zweige eines abgestorbenen Baumes. In Ruhe legte er an, schoß das erste Huhn mit Kleinkaliber, lud nach und schoß auch das zweite. Als die übrigen Hühner aufflogen, holte er mit Schrot noch ein drittes aus der Luft. Zufrieden sammelte er seine Beute ein, band sie an den Füßen zusammen und warf sie sich über die Schulter.

Auf dem Rückweg, der ihn schräg den Hang hinunterführte, stand er unversehens vor einer Schlucht, deren Ränder mehrere Meter steil abfielen. Er kletterte die Felsen hinunter und wanderte eine Zeitlang auf dem Grunde der

Schlucht weiter, bis er eine geeignete Stelle für den Aufstieg fand. Auf der anderen Seite angelangt, setzte er seinen Weg durch den Hochwald fort, umging ein Dickicht – und stand erneut vor einer Schlucht. Wie war das möglich? Sollte er sich verlaufen haben? Er orientierte sich nach der Sonne und schlug dann die Richtung ein, in der er den Bachlauf vermutete. Doch nach ungefähr einem Kilometer verlor sich der Felseinschnitt, dem er gefolgt war, an einem kleinen sumpfigen Gewässer, das ringsum von bewaldeten Höhen umgeben war. Er hatte tatsächlich die Orientierung verloren. Steve setzte sich auf einen Stein und überlegte.

Aus Erfahrung wußte er, wie gefährlich es war, sich in der Wildnis zu verlaufen. Es hatte Leute gegeben, die waren tagelang umhergeirrt und schließlich zusammengebrochen, wahnsinnig geworden oder verhungert. Ein derartiges Schicksal stand ihm zwar nicht bevor, dazu kannte er sich im Busch gut genug aus. Wenn auch keine Landkarte und weder Zelt noch Decke, so hatte er doch Gewehr, Munition, Messer und Feuerzeug bei sich. Aber ein mulmiges Gefühl beschlich ihn doch. Diese Wälder waren unermeßlich weit, es ging von einem Bach zum nächsten, ein Hügel sah wie der andere aus, ein Tal folgte dem anderen. Schließlich hatte er sogar seine Jacke, seinen Regenponcho und das Beil zurückgelassen, und außerdem wartete David auf ihn. Welche Blamage, wenn er zugeben mußte, daß er sich verirrt hatte!

Das alles ging ihm durch den Kopf, während er an dem Sumpf saß, umgeben von einer Wolke von Mücken. Glücklicherweise steckte das Fläschchen mit dem Insektenschutzmittel in seiner Brusttasche, so daß er in der Lage war, sich gegen die unerträglichen Quälgeister einzureiben, die einen Menschen in der Wildnis zur Verzweiflung bringen können. Um ihn herum blühten die Hagebutten, Azaleen, der Silberwurz und Eisenhut; die Blaubeer- und Preiselbeersträucher hatten sogar schon Früchte angesetzt, die freilich noch ganz klein und grün waren.

Plötzlich knackte und krachte es ganz in der Nähe im Gehölz. Zwei Schnepfen, die er nicht wahrgenommen hatte, flogen auf und schwirrten im Zickzackkurs davon. Steve nahm rasch sein Gewehr zur Hand, das er vorsichtshalber mit einem Brennekegeschoß lud. Die Weidenbüsche und Birkenschößlinge am Rande der Lichtung bewegten sich heftig, etwas Dunkelbraunes wurde sichtbar, dann trat ein mächtiger Elchbulle wie eine vorzeitliche Erscheinung auf die Lichtung heraus, witterte kurz, schritt langsam in den Morast hinein und auf die kleine Wasserfläche zu, wo er gemächlich die Wasserpflanzen abzuweiden begann. Bis an den Bauch stand das hochbeinige Tier im Wasser; deutlich waren der merkwürdig kurze Stummelschwanz, der Genickhöcker, die kleinen Augen und die überhängende Nasenwulst zu sehen. Zuweilen tauchte der Kopf mit den ausladenden Schaufeln tief in das Wasser ein, wenn der Bulle vom Grunde des Weihers ein Maul voll Pflanzen heraufholte, an denen er eine Weile bedächtig kaute, sich platschend wieder einige Schritte vorwärtsbewegend.

Steve verhielt sich ruhig und schaute dem Tier eine Zeitlang zu. Schließlich zog er sich unbemerkt zurück, denn er war zu einem Entschluß gekommen. Am besten, so sagte er sich, ging er denselben Weg zurück, den er gekommen war. Natürlich gefiel ihm das nicht; aber diese Lösung erschien ihm als die sicherste, dabei war nichts falsch zu machen. Gegen den Hunger, der ihn immer mehr plagte, pflückte er unterwegs ab und zu eine Handvoll Beeren, von denen es genug gab. Sie stillten zugleich seinen Durst. So gelangte er nach gut zwei Stunden wieder auf den Höhenrücken, wo er die Hühner geschossen hatte.

Inzwischen war schon der Nachmittag angebrochen, es mußte etwa vier Uhr sein. Der Himmel begann sich zu bewölken. Nachdem tagelang die Sonne geschienen hatte, sah es ausgerechnet jetzt nach Regen aus. Sollte er wirklich seine eigenen Spuren mit allen Umwegen zurückverfolgen? Wenn es anfinge zu regnen, würde er damit ohnehin Schwierigkeiten haben. Doch was hatte er falsch gemacht, warum hatte er sich verirrt? Als er zwischen den Bäumen gar nicht weit entfernt den Berggipfel aufragen sah, der ihm schon vorher aufgefallen war, machte er sich kurzentschlossen und fast wütend an den Aufstieg. Er wollte sich Überblick verschaffen.

Nach abermals einer Stunde hatte er es geschafft. Keuchend, schweißüberströmt stand er oben und blickte in die Runde. Der Berg mochte nicht mehr als 1500 Meter hoch sein, die Vegetation reichte bis weit hinauf. Seine Kuppe war abgeflacht, von Felsstücken übersät, und dahinter erhoben sich noch mehrere weit höhere Berge. Aber er gewährte eine herrliche Aussicht bis hin zu dem See, an dem sich ihr Ausgangslager befand. Wie ein langes silbernes Tablett lag die Wasserfläche weit hinten in dem tieferen Waldland, über dem noch die Sonne stand, während sich der Himmel über den Bergen bereits bezogen hatte. Aufatmend ließ sich Steve zwischen den Steinen nieder. Allein schon mit diesem Anblick schien ihm seine Anstrengung ausreichend belohnt.

Seine Kräfte kehrten allmählich zurück. Einen Moment lang spielte er mit dem Gedanken, ein Lagerfeuer anzuzünden und sich an dieser Stelle eines der Fichtenhühner zu braten, um noch etwas länger bleiben zu können und außerdem seinen nagenden Hunger zu stillen. Doch dann dachte er wieder an seinen Gefährten, und der eigentliche Grund seines Aufstiegs fiel ihm ein. Er versuchte sich zu orientieren.

Bald hatte er die Hügelkette entdeckt, die den Bach begleitete, den sie entlanggewandert waren. Er war sich dessen sicher, obwohl es mehrere solcher Bäche und Höhenzüge gab. Streckenweise wurde der Bachlauf sogar sichtbar; und dort, am Fuße einer Anhöhe, verschwand er zwischen den Felsen, wo sie sich an dem Wasserfall getrennt hatten. Steve bemerkte, daß der Höhenrücken, dem er später gefolgt war, einen weiten Bogen beschrieb. Das war es, das hatte er übersehen! Im Grunde brauchte er nur hinabzuklettern und weiter geradeaus einen langgestreckten Abhang hinunterzugehen, um an den Oberlauf ihres Baches zu gelangen. Von dort aus waren es dann lediglich noch ein paar hundert Meter bis zum Wasserfall. Er prägte sich dessen Lage genau ein und machte sich auf den Weg.

Kurz darauf fing es an in Strömen zu regnen. Im Nu war er naß bis auf die Haut. Ihm war klar, daß sie ihr Lager am Seeufer heute nicht mehr erreichen konnten.

Goldsuche

Als Steve erschöpft und mit schlechtem Gewissen wegen seiner langen Abwesenheit die Stelle erreichte, an der er David verlassen hatte, glaubte er seinen Augen nicht zu trauen. Den Wasserfall gab es nicht mehr, und der Bach hatte sein Bett verändert. David kam gerade aus dem Wasser ans Ufer gewatet, um eine Blechpfanne voller Steine auf eine Geröllhalde zu kippen, die er dort bereits angehäuft hatte. Seine Kleidung lag neben dem Rucksack. Er zitterte am ganzen Körper, seine Lippen waren blau angelaufen, in seinem kalkweißen Gesicht glänzten die Augen wie im Fieber. Er bewegte sich unbeholfen und schien seine Umgebung kaum wahrzunehmen.

»Hallo!« rief Steve. »Was treibst du denn da in dem kalten Wasser, noch dazu bei diesem Regen!«

David blickte kurz auf und watete schon wieder zur Mitte des Gewässers zurück. »Noch eine Pfanne«, keuchte er, »dann komme ich raus.« Lautlos verschwand er unter Wasser und tauchte erst nach etwa einer Minute wieder auf.

Steve blickte sich um und staunte über den Damm in der Mitte des Bachbettes. Da sah er, daß David ans Ufer wankte. Schnell sprang er hin, um ihn zu stützen. »Sag mal, seit wann steckst du denn da drin?« fragte er ahnungsvoll.

»Seit ungefähr einer halben Stunde«, erwiderte David mit stockender Stimme.

46

»Mann!« brüllte er ihn an, »du willst dir wohl den Tod holen!« Hastig suchte er die Kleidungsstücke zusammen, die David zitternd mit zeitlupenhaften Bewegungen anzog, fortwährend dabei mit den Zähnen klappernd.

Währenddessen raffte Steve unter einer dichten Fichte ein paar trockene Zweige und Zapfen zusammen. Außerdem schlug er mit dem Beil einige abgestorbene Äste ab. Ein geeigneter Lagerplatz fiel ihm ein, der etwas weiter bachaufwärts lag. Dort war er an einer Aushöhlung in der felsigen Böschung vorbeigekommen. Diese Nische blieb auch bei Regen trocken, davor schichtete er sein Brennmaterial auf. Dann holte er David, der nach wie vor einen apathischen Eindruck machte.

»Du hast eine Unterkühlung«, sagte er, »damit ist nicht zu spaßen. Du brauchst unbedingt Wärme. Also leg dich dort auf die Jacken, den Rucksack kannst du als Kopfstütze benutzen.« Bald loderte ein großes Feuer auf, das den Lagerplatz binnen kurzer Zeit erwärmte, ja fast zu einem Brutofen werden ließ. Steve errichtete noch aus Ästen ein Gestell, auf dem die durchnäßte Kleidung trocknen konnte. Allmählich, und nachdem er den restlichen Kaffee getrunken hatte, begann David sich zu erholen.

Jetzt galt es noch den bohrenden Hunger zu stillen. Als das Feuer heruntergebrannt war, steckten sie zu beiden Seiten Astgabeln in den Sand und spießten die abgezogenen und ausgenommenen Fichtenhühner auf einen langen Weidenast. Über der Glut wurde das Fleisch schnell gar.

Da lediglich ein Tagesausflug geplant gewesen war, hatten sie weiter keine Lebensmittel mitgenommen und weder einen Topf noch Kaffee bei sich. Sie mußten Wasser trinken, von dem unterhalb ihres Lagerplatzes genügend vorbeifloß.

Allerdings zauberte Dávid aus einer seiner Gürteltaschen eine Filmdose voll Salz hervor, so daß sie die Hühner damit würzen konnten.

Das Essen hob ihre Stimmung. Draußen regnete es immer noch, aber sie saßen trocken und warm. Von ihrem etwas erhöht liegenden Platz aus überschauten sie einen Teil des Bachbettes bis zur nächsten Biegung und auch ein Stück des gegenüberliegenden Hanges, der in Regenschleier eingehüllt war. Bei solchem Wetter wirkte die Wildnis ungastlich, geradezu feindlich. Wer sich nicht auskannte, konnte zweifellos depressiv werden.

»So eine Unterkühlung ist gefährlich«, sagte Steve. »Wenn das Gehirn längere Zeit zu wenig durchblutet wird, kann es zu ernsthaften Schädigungen kommen.« Aber David war schon wieder obenauf, sein kräftiger Körper schien die Strapazen folgenlos überstanden zu haben. Er berichtete von seiner Goldmine und den Erwartungen, die er daran knüpfte; er redete ununterbrochen davon. Gold bedeutete Wohlstand, Geld. Was konnte man damit nicht alles anfangen! Sich ein großes Haus bauen, ein Motorboot kaufen, ein Flugzeug. Man konnte leben, wo man wollte und wie man wollte. Man war unabhängig, frei. David schwärmte, als befände sich das Geld bereits auf seinem Konto, als habe er soeben in der Lotterie das große Los gezogen. »Natürlich teilen wir«, erklärte er, »schließlich haben wir die Stelle gemeinsam entdeckt.«

Steve hörte ihm eine Weile zu, bis er seine Bedenken nicht mehr zurückhalten mochte: »Erstens weißt du noch gar nicht, ob hier Gold in nennenswerter Menge zu finden ist. Und zweitens ist es sehr fraglich, ob sich gegebenenfalls ein Abbau an dieser Stelle lohnen würde.«

David wischte diese Einwände beiseite: »Daß Gold vorhanden ist, steht fest. Außerdem habe ich mehrere Zentner Geröll aus dem Wasser heraufgeholt, und ich habe deutlich gespürt, daß ich dort unten auf dem blanken Felsen war. Es müßte mit dem Teufel zugehen, wenn sich zwischen dem Kies und den Steinen nicht eine ganze Anzahl schöner gelber Nuggets befinden. Um was wollen wir wetten?« Am liebsten wäre er sofort wieder losgezogen, um das Geröll auszuwaschen. Doch seine körperliche Verfassung und der Regen hielten ihn zurück.

»Du willst also morgen noch bleiben und weiterarbeiten?« fragte Steve.

»Selbstverständlich. Ein paar Tage werden wir wohl benötigen, um fürs erste genug zusammenzubekommen.«

»Wir werden sehen«, erwiderte Steve kurz angebunden. Er wollte sich im Augenblick auf keine Diskussion einlassen. Das hatte Zeit. Nachdem er genügend halbwegs trockenes Holz zusammengetragen hatte, bereitete er sich auf dem Sand an der Felswand ein Lager, deckte sich mit seiner Jacke und dem Regenponcho zu und war bald darauf eingeschlafen. Da begab sich auch David zur Ruhe.

Sie unterhielten das Feuer die ganze Nacht über. Sobald es heruntergebrannt war, wurde es empfindlich kalt, und wer frierend erwachte, legte jeweils etwas Holz nach. So halfen sie sich über die Runden.

Morgens hatte der Regen aufgehört. Die Sonne kam durch, es versprach warm zu werden. Wie Rauch lag die Feuchtigkeit über den Hängen, es duftete nach Fichtennadeln und Kamille, in den Zweigen der Bäume zwitscherten die Vögel. Die Natur zeigte sich wieder von ihrer besten Seite.

Leider bestand das Frühstück nur aus einem Schluck kaltem Wasser und einem Stückchen Schokolade, das sich als Notreserve im Rucksack fand und das sie redlich teilten. Damit kamen sie nicht weit. Aber David konnte es ohnehin kaum erwarten, wieder zu seiner Mine zurückzukehren. Da sie sonst nichts Eßbares mehr hatten, schlug er vor, Steve möge versuchen, etwas zu schießen. Gleich darauf verschwand er, um weiterzuarbeiten, worauf Steve sein Gewehr schulterte und bachaufwärts ging. Er nahm sich vor, spätestens gegen Mittag zurückzukehren. Dann würden sie wissen, was bei Davids Goldsuche herausgekommen war und konnten – sollte die Ausbeute nicht wider Erwarten groß sein – noch bis zum Abend ihr Camp am Seeufer erreichen.

Was den Goldfund betraf, war Steve mehr als skeptisch. Denn er kannte die Bedingungen und Umstände der Förderung recht gut und wußte, mit wieviel harter Arbeit es verbunden war, dem Boden ein paar Unzen Gold abzugewinnen. Zwar gab es außergewöhnliche Glücksfälle; aber es war kaum davon auszugehen, daß in diesem Gebiet noch Fundstellen lagen, wo man die Nuggets nur einzusammeln brauchte, noch dazu an einem leicht zugänglichen Bach. Das ganze Yukon-Territorium war schon seit Jahrzehnten von Prospektoren systematisch abgesucht worden; sie waren per Flugzeug bis in die entlegensten Winkel vorgedrungen, hatten Luftaufnahmen gemacht, die geologischen Formationen erforscht, Gesteinsproben entnommen, hier und da war es auch zu einem Abbau gekommen. Andererseits kam Steve nicht umhin, Davids fanatische Hartnäckigkeit zu bewundern. Dessen Vermutung, unterhalb des Wasserfalls könne sich Gold abgelagert haben, erschien ihm nicht ganz abwegig. Insofern hatte er sich entschlossen, abzuwarten und seinen Gefährten erst einmal gewähren zu lassen.

Der Bach schlängelte sich in vielen Windungen aus dem Gebirge heraus. Fische gab es in dem Wasser nicht, dazu war es viel zu flach. Streckenweise versickerte es auch im Boden und floß unterirdisch weiter; an manchen Stellen, die von der Sonne nicht erreicht wurden, lag noch Eis. An anderen Stellen wurde der Untergrund sumpfig, der Bachlauf verzweigte sich oder uferte aus, und in einem kleinen Tal befand sich sogar ein Biberdamm, der das Wasser zu einem Teich anstaute, einem Lebensbereich für sich. Geschäftig schwammen seine Bewohner zwischen ihrer aus Ästen im Wasser errichteten Burg und dem Ufer hin und her. Sie transportierten Rindenstücke, Zweige oder ganze Äste. An der Uferböschung lagen mehrere von ihnen gefällte Bäume. Als die Biber den Menschen wahrnahmen, verschwanden sie mit laut klatschenden Geräuschen unter Wasser.

Steve fand in dem weichen Boden neben zahlreichen anderen Wildspuren auch die Abdrücke von Bärentatzen und die Trittsiegel von Wölfen. Die Furcht vor den Raubtieren hatte er schon lange verloren. Er fühlte sich wohl in der Wildnis, sie war ihm vertraut, er war gern allein unterwegs. Man konnte sich bewegen, wie man es für richtig hielt, brauchte sich von niemandem Vorschriften machen zu lassen. Natürlich mußte man aufpassen, vorsichtig sein, aber das mußte man in der Großstadt ebenso. Die Raubtiere wichen dem Menschen aus, das wußte er. Sie hörten oder witterten ihn schon auf große Entfernung und vermieden eine Begegnung. Im Sommer Wölfe zu Gesicht zu bekommen, war ein Kunststück. Und auch im Winter kam man selten auf Schußweite an sie heran. Sie verzogen sich, sobald sie eine Gefahr vermuteten, waren scheu und kamen zumeist nur nachts aus ihren Verstecken heraus. Was über diese Tiere in den Abenteuerbüchern stand, entsprach zumeist nicht der Wahrheit, sondern diente mehr dem Nervenkitzel der Leser. Man konnte sie allerdings in Fallen fangen, wie auch die Luchse, Vielfraße, Füchse, Marder, Nerze oder Otter. Diese Pelztiere gab es nach wie vor in großer Anzahl in den nördlichen Gebieten, wie ihre Spuren bewiesen, wenngleich man sie nur selten sah.

Auch eine Begegnung mit wilden, blutrünstigen Indianern war nicht zu befürchten. Solche Indianer gab es nicht, sie waren niemals so gewesen, wie sie in den meisten Filmen und Romanen vorgeführt wurden. An ihrer Einstellung anderen Menschen, der Gesellschaft und der Natur gegenüber hätten sich viele Weiße ein Beispiel nehmen können. Jetzt lebten sie in Siedlungen am Rande oder in der Nähe der Ortschaften, wo ihnen die Regierung primitive Holzhäuser in den Wald gesetzt hatte. Sie gingen ihrer Arbeit nach, soweit sie welche fanden; zumeist aber fristeten sie ein kümmerliches Dasein von der Sozialhilfe, viele von ihnen waren Alkoholiker. Steve hatte sie gesehen, sie besucht, zuletzt die Kaska in der Nähe von Watson Lake und Ross River. Die wenigsten hatten eine Perspektive, ein Lebensziel, eine Chance in dieser Zivilisationsgesellschaft, in die sie nicht hineinpaßten, an deren Rand sie dahinvegetierten. Nur vereinzelt gab es neue, hoffnungsvolle Ansätze. Man hatte ihnen nicht nur ihr Land genommen, man hatte ihnen ihre Lebensgrundlage entzogen, ihre sozialen und kulturellen Wurzeln abgeschnitten, so daß sie morsch und hohl wurden wie abgestorbene Bäume. Eine Tragödie, von der kaum jemand Notiz nahm.

Leise, beobachtend, drang Steve weiter vor. Ab und zu aß er eine Handvoll Beeren, um seinen knurrenden Magen etwas zu besänftigen. Aber der Körper brauchte Kalorien, er brauchte Eiweiß. Die Wildnis war voll davon, überall Spuren von Wild. Er mußte unbedingt etwas schießen, damit sie Fleisch bekamen, denn mit pflanzlicher Kost konnte man in diesen Regionen nicht überleben, jedenfalls nicht lange. Alle seine Bestrebungen konzentrierten sich mehr und mehr auf das eine vitale Bedürfnis: zu essen.

Als der Bach von einem Wildwechsel gekreuzt wurde, auf dem Hasenspuren zu finden waren, legte er sich auf der Uferböschung ins Gras und wartete, das Gewehr griffbereit neben sich. Eine der wichtigsten Eigenschaften eines guten Jägers war Geduld.

Eine alte Geschichte

David hatte seinen Geröllhaufen nahezu abgetragen. Breitbeinig hockte er am Wasser, schüttelte die Pfanne hin und her, ließ sie kreisen, prüfte mit spitzen Fingern ihren Inhalt. Als er Steve mit einem erlegten Hasen über der Schulter ankommen sah, stürzte er gleich auf ihn zu. Das Wild interessierte ihn weniger; mit leuchtenden Augen zeigte er ein paar Goldstücke, die er aus seinem Taschentuch auswikkelte. Vorsichtig schüttete er sie Steve auf den Handteller. Manche waren sehr klein, aber zwei hatten immerhin die Größe eines Daumennagels. Daß es sich tatsächlich um Gold handelte, was da unscheinbar und lehmig gelb zum Vorschein gekommen war, merkte man allein schon am Gewicht. David war erregt, er schwitzte. Nur seine Finger waren von der Kälte des Wassers gekrümmt, die Haut aufgequollen.

»Das sind Nuggets!« rief er, »ich hatte recht mit meiner Vermutung!« Steifbeinig tanzte er herum, lachte wie ein Irrer und schwenkte sein Taschentuch. Der Goldrausch hatte ihn endgültig gepackt, er schien nicht mehr normal zu sein. »Wir haben es geschafft!« brüllte er. »Gold, echtes Gold! Am liebsten würde ich es auffressen!«

»Ich habe einen Hasen geschossen«, sagte Steve, um ihn auf die Erde zurückzuholen. Doch David spürte offenbar keinen Hunger, obwohl er den ganzen Tag ohne Unterbrechung geschuftet hatte. Behutsam knotete er seinen Schatz wieder ein und ließ ihn in der Hosentasche verschwinden. »Nur noch ein, zwei Pfannen!« rief er. »Dann habe ich alles ausgewaschen, was draußen lag. Brat schon mal den Hasen, ich komme gleich nach.«

Es war sehr schwül geworden, und die Mücken wurden zunehmend lästiger. Steve prüfte den Himmel, konnte jedoch keine Anzeichen für einen erneuten Wetterwechsel feststellen. Er hängte den Hasen an den Hinterläufen in einen Baum, zog ihn ab und nahm ihn aus. Anschließend sammelte er Feuerholz. So war das also mit diesem verteufelten Metall, dachte er, das um die Jahrhundertwende Tausende angelockt und viele von ihnen ins Verderben gestürzt hatte. Jetzt konnte er sich gut vorstellen, wie es damals in den Camps zugegangen war. In Britisch-Kolumbien, im Yukon-Territorium und in den Nordwest-Territorien waren über Nacht mitten in der Wildnis ganze Städte aus dem Boden gewachsen, die ebenso schnell wieder aufgegeben worden waren, sobald die Ergiebigkeit der Minen nachließ oder die Nachricht von neuen, noch größeren Goldfunden die Runde machte. Die Goldsucher hatten oft jahrelang in dürftigsten Verhältnissen gelebt, sich abgearbeitet und ihre Gesundheit ruiniert. Für jedes Pfund Mehl, für jede Flasche Whisky, für jede Arztbehandlung hatten sie teuer bezahlen müssen, und am Ende waren die wenigsten von ihnen zu wirklichem Wohlstand gekommen.

Steve vermochte Davids Begeisterung nicht zu teilen, er sah dessen Erfolg etwas nüchterner. Was in zwei Tagen bei harter Arbeit an Nuggets zutage gefördert worden war, entsprach zwar dem Wert von einigen hundert Dollar; aber wie sollte man ohne den Einsatz von Maschinen an weiteres

Gold in zwei Meter Tiefe herankommen? Noch dazu in einem Bachbett, das sich nicht verlegen ließ und wo jedes Loch sofort voll Wasser lief. Wahrscheinlich unterschätzte David diese Schwierigkeiten, und mit Sicherheit überschätzte er den Wert des Goldes, das er gefunden hatte. Über die Verpflegung machte er sich schon gar keine Gedanken mehr.

Sie mußten zurück zu ihrem Lager, und zwar so bald wie möglich. Wenn sie den See noch vor Einbruch der Nacht erreichen wollten, mußten sie sich beeilen, denn der Rückweg würde ungefähr vier Stunden in Anspruch nehmen. Allerdings war es sehr fraglich, ob sich David zu einem Aufbruch bewegen lassen würde. Nachdem er die Nuggets gefunden hatte, wirkte er unzurechnungsfähig. Steve dachte darüber nach, was er tun konnte. Den Gedanken, seine Sachen zu nehmen und seiner Wege zu gehen, schob er rasch wieder beiseite. Vielleicht, so überlegte er, sollten sie doch noch einen Tag länger bleiben, bis sich David von der Nutzlosigkeit einer Weiterarbeit überzeugt haben würde. Für heute hatten sie genug zu essen, morgen würde man weitersehen.

Der Hasenbraten war gerade fertig, als David endlich kam. Sein Haar klebte naß am Kopf, und er schlotterte vor Erschöpfung und Kälte. »Warst du etwa wieder im Wasser?« fragte Steve mehr erschrocken als wütend. David nickte. »Nur ganz kurz. Ich wollte sowieso baden.« Trotz der Schwüle setzte er sich nahe ans Feuer. »Du bist wahnsinnig«, sagte Steve. »Wenn du nicht Vernunft annimmst, wirst du noch krank.«

Sie aßen, bis sie satt waren. Steve hatte an einer Stelle, die von der Sonne besonders erwärmt wurde, etwas Wasserkresse gefunden und außerdem Beeren gesucht, die es zum Nachtisch gab. Mit Reis, Kartoffeln oder Brot wäre das Essen perfekt gewesen. Aber daran durfte man nicht denken, an Kaffee oder sogar Kuchen schon gar nicht. Der nächste Bäcker müßte wenigstens 100 Kilometer entfernt sein, überlegte Steve gerade, da sagte David seufzend, als könne er Gedanken lesen: »Jetzt eine schöne Tasse Kaffee und ein Stück Sahnetorte...« Er unterbrach sich und lauschte.

»Ein Flugzeug«, sagte Steve. »Kein Zweifel. Wahrscheinlich suchen sie immer noch den geflüchteten Trapper, der seinen Nachbarn umgebracht hat. Sie scheinen sich mächtig anzustrengen.«

»Weil er auf Beamte der RCMP geschossen hat. Da sind sie besonders empfindlich. Ich bin gespannt, ob sie ihn lebend fangen.«

»Nach dem, was wir neulich mit ihnen erlebt haben, ist das sehr fraglich. Sie sind ziemlich schnell mit der Waffe bei der Hand.«

Das Flugzeuggeräusch kam nicht näher, sondern verebbte allmählich in der Ferne. David stopfte sich nach langer Zeit wieder einmal eine Pfeife. Seine erneute Tauchaktion hatte ihn anscheinend etwas ernüchtert. »Der Norden ist groß«, meinte er, »und neulich hatten sie noch nicht einmal seine Spur gefunden.« Er nahm einen Ast aus dem Feuer und hielt die Glut an den Tabak. »Wer weiß, wie sich die Schießerei dort im Busch bei Atlin wirklich abgespielt hat.«

»Sie wirken auf mich immer wie Schäferhunde«, sagte Steve. »Hast du einmal die Fotos von früher gesehen, zum Beispiel im Museum in Whitehorse?«

David nickte. »Du hast recht. Solche Gesichter vergißt man nicht. – Das erinnert mich an eine andere Geschichte, die sich Anfang der dreißiger Jahre in den Nordwest-Territorien zugetragen hat. Damals ging es ebenfalls um einen Mann, der vor der RCMP auf der Flucht war; man hat ihn den ›Mad Trapper‹ genannt. Vielleicht hast du davon gehört.«

»Ist er nicht von der Polizei mitten im Winter mehrere Wochen lang durch den kanadischen Norden gejagt worden?«

»Richtig. Sie haben eine regelrechte Menschenjagd veranstaltet. Vor einigen Jahren las ich ein Buch darüber, und mir fällt ein, daß ich sehr zwiespältige Gefühle dabei hatte.«

»Erzähl mal, das interessiert mich.«

Und David begann zu erzählen.

Es war im Sommer des Jahres 1931, als ein Mann auf einem Floß aus drei zusammengebundenen Baumstämmen den Peel River herunterkam und in Fort McPherson an Land ging. Er nannte sich Albert Johnson, war etwa 40 Jahre alt, von mittlerer Größe, hatte braunes, schütteres Haar und blaue Augen. Da in der Ortschaft nur wenige Einwohner lebten und sich die Polizei schon immer für alle Fremden besonders interessierte, wurde er in seinem Camp von einem Konstabler namens Millen aus Arctic Red River aufgesucht und nach seinem Woher und Wohin gefragt. Der Beamte erhielt von dem schweigsamen Fremden lediglich die Auskunft, daß er aus den kanadischen Prärien komme und seine Ausrüstung erneuern wolle, die er unterwegs in den Stromschnellen verloren habe. Er beabsichtige, ins Rat-River-Gebiet zu gehen, etwa 50 Kilometer nordwestlich von Fort McPherson. Weiteren Fragen wich er beharrlich aus; er wünsche in Ruhe gelassen zu werden, gab er zu verstehen. Das gefiel dem Konstabler nicht, aber da gegen

Johnson nichts vorlag, verabschiedete er sich schließlich. Er warnte Johnson noch, ohne behördliche Genehmigung Fallen zu stellen, und wies ihn darauf hin, daß er sich gegebenenfalls eine Lizenz aus dem 80 Kilometer entfernten Arctic Red River oder dem 110 Kilometer entfernten Aklavik zu besorgen habe. Anschließend zog Millen im Ort Erkundigungen ein und erfuhr, daß der Fremde, trotz seiner dürftigen Ausrüstung, mit Geld offenbar gut versorgt war. Er hatte sich im Handelsposten der Hudson's Bay Company mit Vorräten eingedeckt und im Northern Traders Store ein Gewehr sowie einen Karton Munition gekauft. Was seine persönlichen Angelegenheiten betraf, hatte allerdings niemand etwas in Erfahrung bringen können.

Eine Woche später erwarb Johnson von einem ortsansässigen Indianer ein großes Kanu. Er belud es mit seiner Habe und paddelte flußabwärts und weiter etwa 25 Kilometer den Rat River hinauf. Dort baute er sich auf einem Hügel oberhalb des Flusses ein Blockhaus im damals üblichen Stil: Er hob die Erde auf einer Fläche von dreimal vier Metern ungefähr einen Meter tief aus und errichtete darüber Wände aus zusammengefügten Baumstämmen. Das Dach bedeckte er mit Erde, die Lücken in den Wänden wurden mit Moos und Schlamm abgedichtet. Auf einer Seite brachte er ein kleines Fenster und die Tür an. Zum Heizen und Kochen benutzte er einen leichten Blechofen. Albert Johnson richtete sich in der Wildnis häuslich ein, so gut es ging.

Nun könnte man annehmen, die Geschichte hätte damit ihr Bewenden gehabt. Es hatte eine harmlose Kabbelei zwischen einem übereifrigen Polizisten und einem Eigenbrötler gegeben; jetzt ging der eine in Arctic Red River seinen Dienstgeschäften nach, und der andere steckte über 100 Kilometer entfernt mitten im Busch. Doch im Dezember desselben Jahres fand Johnson neben seiner Fallenstrecke einige fremde Fallen, die er kurzerhand fortnahm und in die Bäume hängte. Als das die Loucheux-Indianer entdeckten, denen die Fallen gehörten, beschwerten sie sich bei der Royal Canadian Mounted Police in Arctic Red River. Und obwohl es sehr kalt war, schickte der dienstälteste Beamte, Konstabler Millen, noch am zweiten Weihnachtstag zwei Polizisten mit dem Hundeschlitten auf den Weg zum Rat River. Sie hatten den Auftrag, wegen der Beschwerde zu ermitteln und zu prüfen, ob Johnson im Besitz einer Trapperlizenz war.

Die Patrouille benötigte zweieinhalb Tage, um die 110 Kilometer bei Minustemperaturen von durchschnittlich 30 Grad Celsius zurückzulegen. Am Vormittag des dritten Tages klopften die Beamten also an die Tür von Johnsons Blockhaus. Doch sie erhielten keine Antwort, obwohl aus dem Schornstein Rauch aufstieg und auch ein Paar Schneeschuhe neben der Tür anzeigten, daß der Besitzer zu Hause sein mußte. Sie rüttelten weiter an der Tür, riefen, daß sie von der Polizei seien, und verlangten Einlaß. Vergeblich. Johnson nahm ihre Anwesenheit nicht zur Kenntnis. Er tauchte nur einmal kurz am Fenster auf, ließ jedoch sofort wieder den Vorhang fallen.

Dieses Verhalten brachte die beiden Polizisten dermaßen auf, daß sie 130 Kilometer bis zu ihrem Hauptquartier in Aklavik fuhren, um Bericht zu erstatten. Dort kam man zu dem Schluß, daß Johnson nicht nur gegen sämtliche Anstandsregeln verstoßen habe, sondern darüber hinaus offenbar in dem Irrtum befangen sei, unabhängig von allen Menschen und jeder Autorität leben zu können. Das wollte man nicht dulden, selbst wenn der Trapper durch seinen langen Aufenthalt in der Wildnis gemütskrank oder wirr im Kopf, »bushed«, sein sollte. Die Patrouille wurde um zwei Beamte verstärkt und mit einer Durchsuchungsvollmacht zurückgeschickt. Zusätzlich zu ihren Pistolen führten die Beamten jetzt Gewehre bei sich. Damit nahm das Verhängnis seinen Lauf. –

Die vier Polizisten erreichten Johnsons Blockhaus am Silvestermorgen des Jahres 1931. Wieder bewiesen ein Rauchfaden und die Schneeschuhe neben der Tür die Anwesenheit des Trappers. Und wieder rüttelte ein Beamter an der Tür und begehrte Einlaß. Die Antwort war diesmal eine Gewehrkugel, die das Türholz durchschlug und ihm in die Brust fuhr. Sofort eröffneten seine drei Kollegen, die neben ihrem Hundeschlitten auf dem zugefrorenen Fluß gewartet hatten, das Feuer. Dem verletzten Beamten gelang es, sich in Sicherheit zu bringen. Er wurde unverzüglich nach Aklavik ins Hospital gebracht. Die Kugel hatte sein Herz nur um wenige Zentimeter verfehlt.

Jetzt entschloß sich der Leiter des RCMP-Hauptquartiers, ein Inspektor namens Eames, die Sache selber in die Hand zu nehmen. Man war mittlerweile zu der Ansicht gelangt, daß der Trapper am Rat River nicht lediglich – wie man zuerst angenommen hatte – unter einem Hüttenkoller litt, sondern gemeingefährlich sei und einen unversöhnlichen Haß gegen die Polizei hegen müsse. Nachdem er einen Beamten der RCMP schwer verletzt hatte, mußte er gefangengenommen und der Justiz übergeben werden. Eames stellte daher ein Aufgebot zusammen, das aus drei weiteren Beamten sowie drei einheimischen Trappern bestand. Mit 42 Schlittenhunden und ausreichendem Proviant versehen, brach man schon drei Tage später auf, um Johnson zu verhaften, obwohl die Temperatur auf minus 40 Grad Celsius gesunken war. Außerdem wurden der Polizeiposten in Arctic Red River und die Handelsniederlassung der Hudson's Bay Company in Fort McPherson per Funk verständigt, so daß unterwegs noch Konstabler Millen und ein ortskundiger indianischer Führer dazustießen. Zur Ausrüstung dieser Expedition gehörten unter anderem 20 Pfund Dynamit.

Als die neun Männer Johnsons Blockhaus nach drei Tagen bei schneidender Kälte erreichten, bemerkten sie an dem aufsteigenden Rauch, daß es nach wie vor bewohnt war. Sie umstellten das Gebäude, und Eames forderte den Trapper auf, herauszukommen und sich zu ergeben. Doch Johnson gab wieder keine Antwort; statt dessen eröffnete er das Feuer, als das Aufgebot gegen ihn vorrückte. Er hatte inzwischen Schießscharten in die Wände gesägt und verteidigte sich mit einer Repetierbüchse, einer abgesägten Schrotflinte und einem Kleinkalibergewehr, dessen Lauf er ebenfalls gekürzt hatte. Da die Hütte nicht groß war, konnte er schnell von einer Wand zur anderen wechseln, nach allen Richtungen bestand freies Schußfeld. Es gelang ihm tatsächlich, den ersten Angriff des Aufgebots abzuweisen.

Inspektor Eames sah sich gezwungen, seine Leute zurückzuziehen und in sicherer Entfernung unterhalb der Uferböschung zu kampieren. Bei Anbruch der Dunkelheit wurden Feuer angezündet und Wachen aufgestellt. Kurz darauf nahm man das Blockhaus erneut unter Beschuß und versuchte es außerdem in die Luft zu sprengen. Diese Belagerung dauerte insgesamt 15 Stunden, aber es gelang lediglich, mit geworfenen Dynamitstangen ein Loch in das Dach zu sprengen und die Tür zu zerstören. Johnsons Blockhaus glich einer Festung, er war gut mit Munition versorgt und schoß immer noch mit seinen drei Gewehren zurück, ohne sich die geringste Blöße zu geben. Da riß eine weitere starke Dynamitladung die Wände ein. Sofort versuchten die Angreifer, die zusammengestürzte Blockhütte zu stürmen, doch sie wurden erneut von einem Kugelhagel empfangen und mußten sich rasch wieder in Sicherheit bringen. Unter diesen Umständen, und da der Proviant ausging, entschloß man sich – nach 18stündiger Belagerung – nach Aklavik zurückzukehren. Das erste Kapitel einer Geschichte, die in den folgenden Wochen die kanadische Öffentlichkeit bewegte, ging zu Ende. Das zweite Kapitel sollte bald folgen. –

Albert Johnson hatte die Explosion unverletzt überstanden, obwohl sein Blockhaus völlig zerstört war. Bei der Royal Canadian Mounted Police stellte man Überlegungen an, wie es weitergehen sollte. Die Presse griff den Fall auf und berichtete auf ganzen Zeitungsseiten über den »Mad Trapper of Rat River«, der sich einem Aufgebot der RCMP entzogen hatte. Man mußte seiner habhaft werden – lebendig oder tot –, das war selbstverständlich. In den meisten Medien wurde die Vermutung geäußert, Johnson sei in der Einsamkeit der Wildnis verrückt geworden; in anderen Medien bewunderte man unterschwellig seinen Mut und seine Standhaftigkeit. Eine Sensationsstory witternd, versuchten einige Reporter die Herkunft des Trappers zu erforschen. Wer war Albert Johnson? Woher kam er? Was hatte ihn in den Norden geführt, und wie war es zu diesem Duell mit der Polizei gekommen, zu dieser von Haß geprägten Auflehnung gegen die staatliche Autorität? Man fand jedoch keinerlei Anhaltspunkte, Johnsons Vergangenheit blieb im dunkeln.

Währenddessen traf man in Aklavik erneute Vorbereitungen zu einer Verhaftung des »verrückten Trappers«. Bereits nach zwei Ruhetagen brach Konstabler Millen zusammen mit einem Kollegen auf, um das Blockhaus am Rat River zu beobachten. Die Männer gerieten am zweiten Tag in einen Schneesturm, konnten sich jedoch in seinem Schutz bis an die Trapperhütte heranarbeiten und bei Tageslicht die Zerstörungen in Augenschein nehmen. Durch die Explosion war die vordere Wand eingedrückt worden und danach das Dach mit seiner schweren Erdbeschichtung in sich zusammengestürzt. Eine genauere Untersuchung der Trümmer ergab keinerlei Aufschluß über die Herkunft des Trappers. Man fand weder Briefe, noch Dokumente, noch sonstige Papiere. Er mußte seine Behausung schon vor Tagen verlassen haben, und der Blizzard hatte alle Spuren verweht. Als die beiden Beamten bei ihren Nachforschungen auf eine Loucheux-Sippe stießen, schickten sie einen der Indianer mit Nachrichten nach Aklavik. Dann versuchten sie in der Umgebung ausfindig zu machen, welche Richtung der Flüchtende eingeschlagen hatte.

Im Hauptquartier bereitete man unterdessen eine erneute Expedition vor, die in Zusammenarbeit mit der Armee hervorragend ausgerüstet wurde; zum Beispiel setzte man erstmals im Rahmen einer Polizeiaktion transportable Sprechfunkgeräte ein. Die Truppe verließ Aklavik Mitte Januar und errichtete in der Nähe der zerstörten Trapperhütte ein Basislager. Von dort aus begab man sich auf Spurensuche. Auch eine Gruppe von Loucheux-Indianern wurde zu diesem Zweck herangezogen, nach einigen Tagen jedoch wieder entlassen, da es Versorgungsprobleme gab. Aber sämtliche Spuren waren von dem Blizzard zugedeckt worden, und selbst nach 14 Tagen intensivster Nachforschungen hatte man immer noch kein Ergebnis. Millen und sein Kollege kamen ebenfalls erfolglos zurück. Albert Johnson schien sich in Luft aufgelöst zu haben.

Die Lebensmittel für den Suchtrupp gingen zur Neige. Inspektor Eames beauftragte daher Millen und vier weitere Männer, die Suchaktion fortzusetzen, übergab ihnen das Sprechfunkgerät und kehrte zurück nach Aklavik. Dort stellte er die Versorgung der verringerten Truppe mit Proviant sicher und beriet den Fall mit höhergeordneten Dienststellen.

Konstabler Millen ließ einen der Männer im Basislager zurück und begab sich erneut auf die Suche in der Umgebung des Rat River oberhalb der verlassenen Trapperhütte. Dort fanden sich schließlich die schwachen Abdrücke von Schneeschuhen. Da Johnson, wie die meisten Trapper im Norden, seine Schneeschuhe selber hergestellt hatte, wies die Fährte unverkennbare Merkmale auf, die man sich einprägte. Unter extremen Schwierigkeiten folgten die vier Männer dieser Spur in dem zerklüfteten Gelände bis in die Ausläufer des Richardson-Gebirges, das die Grenze zwischen den Nordwest-Territorien und dem Yukon-Territorium bildet. Dort verloren sie die Fährte.

Da erreichte sie am folgenden Tag ein Indianer, der von zwei Gewehrschüssen in der Nähe des Bear River berichtete. Sogleich machte sich der Suchtrupp auf den Weg dorthin, aber unterwegs begann es zu schneien, so daß sämtliche Bemühungen zunächst erfolglos blieben. Die Männer übernachteten in ihren Zelten und folgten am nächsten Morgen einem Bachlauf, wo sie Johnsons Spur wiederfanden, die nach mehreren Kilometern in ein Dickicht hinein-, aber nicht hinausführte.

Die Truppe umstellte das Gehölz. Bei dem sich anschließenden Feuergefecht sah es so aus, als sei Johnson tödlich getroffen worden. Dennoch wartete man bei eisiger Kälte zwei Stunden lang, da ein Trick nicht auszuschließen war. Dann erst rückte man vor. Und plötzlich standen sich Millen und Johnson auf ungefähr 25 Meter von Angesicht zu Angesicht gegenüber. Millen faßte seinen Gegner kühl ins Auge und feuerte zwei Schüsse auf ihn ab, die von drei Schüssen erwidert wurden – einer davon traf den Konstabler tödlich. Jetzt eröffneten die übrigen Mitglieder des Aufgebots ein minutenlanges Dauerfeuer in das Gestrüpp hinein. Doch Johnson wurde nicht getroffen und konnte sich nach Anbruch der Dunkelheit absetzen. Die Leiche Millens wurde von einem der Männer auf dem Hundeschlitten abtransportiert, die zwei übrigen blieben auf der Fährte.

Der Tod des RCMP-Konstablers Millen machte Schlagzeilen. Sogar in amerikanischen und europäischen Zeitungen erschienen Berichte über diese mörderische Menschenjagd im kanadischen Norden, die sich nun schon mehr als einen Monat lang hinzog. Immer noch folgten zwei Mitglieder des Aufgebots, zu denen bald darauf noch zwei weitere Männer stießen, Johnsons Spuren. Aufgrund der wachsenden Bedeutung des Falles entschloß sich Inspektor Eames nach Rücksprache mit seinen Vorgesetzten in Edmonton und Ottawa, ein drittes noch größeres Aufgebot zusammenzustellen.

Der »verrückte Trapper« erwies sich als ein Phänomen, als ein ungewöhnlich tatkräftiger, willensstarker Mann, der selbst unter ungünstigsten Witterungsbedingungen allein in der menschenfeindlichen Wildnis am Polarkreis zu überleben vermochte. Seine enorme Ausdauer, seine Kaltblütigkeit und Findigkeit verblüfften alle, die mit diesem Fall befaßt waren. Die Beamten gaben sich keinen Illusionen mehr über seine Gefährlichkeit hin. Entschieden trat Eames Presseberichten entgegen, wonach Johnson verrückt sein sollte. Er hatte den Gesetzlosen als einen außerordentlich scharfsinnigen, zähen Gegner erkannt, zu dessen Festsetzung es außergewöhnlicher Mittel bedurfte.

Erneute Komplikationen traten jedoch durch sich verschlechternde Witterungsbedingungen ein, und bei der großen Kälte – das Thermometer sank bis auf 45 Grad unter Null – wurde auch die Verständigung per Sprechfunk erschwert, da mehrfach die Batterien einfroren. Dennoch verließ Eames Anfang Februar 1932 Aklavik mit acht Männern, zu denen später noch mehrere Trapper stießen. Die Bevölkerung fühlte sich beunruhigt und nahm – im Rundfunk und von den Behörden dazu aufgerufen – an der Jagd teil. Die Losung hieß allgemein: »Get the Mad Trapper!«

Unterwegs erfuhr Eames über Funk, daß sich ein von Edmonton angefordertes Flugzeug bereits auf dem Weg in den Norden befand; auch das war neu in der Geschichte der RCMP. An der Stelle, wo Konstabler Millen den Tod gefunden hatte, versammelte sich in der tiefverschneiten Tundra schließlich eine Schar von 17 Männern, die sich alle in der Wildnis des hohen Nordens auskannten. Bald darauf entdeckte einer der Suchtrupps, die das unübersichtliche Gelände systematisch durchkämmten, die Abdrücke der Schneeschuhe des geflüchteten Trappers in dem schmalen Bett eines Baches. Doch die Fährte verlor sich wieder in der eisigen Tundra. Am folgenden Tag wurde erneut eine Spur ausfindig gemacht, parallel zur ersten. Johnson schien mit seinen Verfolgern Versteck zu spielen und das Gebiet noch nicht verlassen zu wollen. Zwei Suchtrupps, die einen Tag später unterschiedlichen Fährten folgten, standen sich auf einmal gegenüber; sie stellten fest, daß der Verfolgte rückwärts gegangen war oder seine Schneeschuhe streckenweise verkehrtherum getragen hatte. Andere Spuren gingen wiederum im Kreis. Man kam nicht an den Gesuchten heran.

In der Zwischenzeit hatte das angeforderte Flugzeug das Suchgebiet erreicht, gesteuert von dem ehemaligen Captain der Luftwaffe Wop May, einem erfahrenen Buschpiloten. Am liebsten hätte der frühere Jagdflieger sein Flugzeug mit einem Maschinengewehr und Bomben ausgerüstet, aber ihm wurde die Genehmigung dazu verweigert. Er flog jetzt eine schwarz-orangefarbene Bellanca und betrachtete die Suchaktion offenbar mehr als ein sportliches Abenteuer.

Als erstes versorgte May die Truppe mit Lebensmitteln. Dann machte er zusammen mit einem ortskundigen Begleiter an den folgenden drei Tagen aus der Luft mehrere Fährten des »verrückten Trappers« aus, doch sie liefen im Kreis oder verloren sich alle wieder im Eis der Tundra. Ein erneuter Blizzard unterbrach die Suchaktion, die sich immer mehr ausweitete. Denn auch aus Old Crow im Yukon-Territorium war inzwischen eine Mannschaft der RCMP in die Richardson-Berge aufgebrochen.

Das Interesse der Medien und des Publikums nahm zu, je länger die Jad dauerte und je dramatischer sie sich gestaltete. Trotz mangelhafter Information berichteten Rundfunk und Presse vom Pazifik bis zum Atlantik fast täglich darüber. Auf den Titelseiten der Zeitungen erschien sogar ein Foto, das angeblich Albert Johnson vom Rat River zeigte. Aber der Mann, der da mit einer Pelzmütze auf dem Kopf abgebildet war, stellte sich als ein Albert Johnson aus Princeton in Britisch-Kolumbien heraus, so daß der Bericht dementiert werden mußte. In den Redaktionen und bei den Behörden eingehende Hinweise, die zur Identifizierung des gejagten Trappers führen sollten, erwiesen sich ausnahmslos als falsch.

Der Einsatz des Flugzeuges hatte keine greifbaren Ergebnisse gebracht. Obwohl man hier und da immer wieder auf seine Fährte stieß, blieb der Gesuchte unauffindbar. Bis Mitte Februar ein Indianer vom Bell River jenseits des Richardson-Gebirges die Nachricht brachte, daß man dort frische Abdrücke fremder Schneeschuhe gefunden habe, und zwar in der Nähe des Handelspostens La Pierre House; aller Wahrscheinlichkeit nach sei der »Mad Trapper« dort vorbeigekommen. Das erschien Eames unvorstellbar, da man einige Tage zuvor noch frische Spuren in der Gegend des Barrier River diesseits der Berge entdeckt hatte. Er rechnete nach. Sollte Johnson tatsächlich in der Lage gewesen sein, in weniger als drei Tagen und teilweise während eines tobenden Blizzards 145 Kilometer zurückzulegen, noch dazu über einen Gebirgspaß, der als im Winter unbegehbar galt?

Eames überwand seine Skepsis, zumal er an Überraschungen gewöhnt war und seinem Gegner mittlerweile auch Unglaubliches zutraute. Er schickte mehrere Leute mit dem Hundeschlitten über das Gebirge und flog am folgenden Tag mit dem Flugzeug an den Bell River. Und tatsächlich entdeckte man dort die Spuren des Trappers, verlor sie allerdings sofort wieder unter den Hufabdrücken Tausender von Karibus, die vom Bell River zum Eagle River gezogen waren. Jetzt wußte man genau, welche Richtung der Gesuchte eingeschlagen hatte, aber das Flugzeug konnte wegen dichten Nebels nicht mehr weiterfliegen. Daher stellte Eames eine Truppe von zehn Männern zusammen, mit der er unverzüglich die Verfolgung aufnahm. Proviant und Ausrüstung führte man auf zwei Hundeschlitten mit.

Allen an der Hetze Beteiligten war unerklärlich, wie der verfolgte Trapper es geschafft hatte, sich bisher am Leben zu erhalten. Das grenzte an ein Wunder, zumal einige Jahre zuvor vier erfahrene Beamte der RCMP etwas weiter südlich auf einer Winterpatrouille von Fort McPherson nach Dawson City elend verhungert und erfroren waren. Dieser Mann schien übermenschliche Kraftreserven zu haben; die Indianer hielten ihn mittlerweile schon für einen Geist.

Johnson konnte weder ein wärmendes Feuer anzünden noch Wild erlegen, da ihn Rauch oder der Knall eines Schusses verraten hätten. Die Lebensmittel mußten ihm schon lange ausgegangen sein. Offenbar aß er das Fleisch von Eichhörnchen, die er in Schlingen fing; und gelegentlich hatte er sich auf kleinem Feuer in einer Blechdose schnell etwas Wasser heiß gemacht, um vielleicht einen Rest von Tee aufzubrühen, wenn er in Schneehöhlen unterhalb der Uferböschungen kampierte. Den Spuren war ferner zu entnehmen, daß er von Zeit zu Zeit auf Bäume kletterte, um Ausschau zu halten.

Man kam ihm jetzt immer näher, man wußte ziemlich genau, wo er war. Menschen und Hunde gaben ihr Letztes. Als am folgenden Tag der Nebel aufriß, gelang es dem Aufgebot schließlich nach wochenlanger Verfolgungsjagd, Johnson auf dem Eis des vielfach gewundenen Eagle Rivers zu stellen und einzukreisen. Nachdem er einen der Verfolger, der mehrfach auf ihn schoß, schwer verwundet hatte, verschanzte er sich – selber verwundet – hinter seinem Rucksack in der Mitte des zugefrorenen Flusses. Die mehrfache Aufforderung, sich zu ergeben, ignorierte er, obwohl zusätzlich noch das Flugzeug erschien. Da gingen mehrere Mitglieder des Aufgebots auf der Uferböschung in Stellung, und als Johnson immer noch weiterschoß, eröffneten sie von ihren erhöhten Standorten das Feuer auf ihn. Nach fast zwei Monaten, Mitte Februar 1932, war die Jagd vorbei.

In eine Plane eingewickelt, wurde der von 17 Kugeln zerfetzte Leichnam nach Aklavik geflogen. Die Herkunft des Trappers konnte niemals ermittelt werden; auch Fingerabdrücke, die nach Ottawa und Washington gesandt wurden, ergaben keinen Aufschluß. Unter seiner Habe fand sich ein Geldbetrag von etwa 2500 Dollar. Albert Johnson wurde auf dem Gemeindefriedhof in Aklavik beerdigt.

So endete die Geschichte des »Mad Trapper of Rat River«, aus der sich vieles lernen läßt. Eine unglückliche Verknüpfung unglückseliger Umstände, fehlerhafter Handlungen und bedauernswerter Ereignisse.

Katastrophenstimmung

Über dem Gebirge waren Wolken aufgezogen, der Himmel verdunkelte sich zusehends, es sah nach einem Gewitter aus. »Laß uns lieber noch etwas Holz holen«, schlug David vor. Sie schleppten eine abgestorbene Fichte aus dem Wald, zerkleinerten sie und stapelten einen Vorrat an der einen Seite der Felswand auf.

Eine plötzliche Sturmbö fegte durch das schmale Tal. Staub lag in der Luft, und der Rauch des Lagerfeuers drängte in die Felsennische herein. Über den Wipfeln der Bäume blitzte es, von fern rollte der Donner heran. Ein erneuter Windstoß ließ die Bäume am gegenüberliegenden Hang ächzen. Dann fielen die ersten großen Tropfen; wie Hagelkörner sahen sie aus, trommelten immer schneller auf die Erde und bildeten bald einen Vorhang, hinter dem Blitz auf Blitz zuckte und der Donner fast ununterbrochen krachte. Unten, im Bach, begann es zu rauschen und zu schäumen.

Sie saßen mit dem Rücken zur Felswand und blickten in das fast verloschene, zischende Feuer, das sich zum Teil noch unter dem überhängenden Felsen befand. Steve legte Holz nach, bis es hell aufloderte. »Wir müssen spätestens morgen zum See zurückkehren«, brach er das Schweigen, »es fehlt uns hier an allem.«

»Ist das dein Ernst?« fuhr David auf. Er war auf einmal hellwach und wie verwandelt. »Glaubst du etwa, ich laß mir so eine Gelegenheit entgehen! Einen Platz wie diesen findet man nicht ein zweitesmal!«

Steve merkte, wie der Ärger in ihm hochstieg, aber er zwang sich zur Ruhe. »Gold gibt es hier fast überall«, erwiderte er so sachlich wie möglich. »Aber meistens lohnt sich der Abbau nicht. Ich bin der Meinung, daß er sich auch hier nicht lohnt.«

»Und was ist das!« rief David, der sein Taschentuch herauszerrte. »Ist das etwa kein Gold! Ist das etwa nichts!«

»Ich schätze, es wird ungefähr 1000 Dollar bringen. Das ist ein guter Stundenlohn für deine Plackerei, nicht mehr und nicht weniger.«

David war sprachlos, und Steve fügte schnell hinzu: »Ich habe überhaupt keinen Grund, dich von der Goldsuche abzubringen, ich könnte auch ohne dich weiterfahren. Aber du kannst mir glauben, daß ich nicht das erste Mal mit Gold zu tun habe. Du kommst hier ohne Greifbagger, Sluicebox, Rohrleitungen und Pumpen nicht weiter; du müßtest wenigstens zwei bis drei Leute einstellen. Eine derartige Investition würde sich jedoch an dieser Stelle nicht lohnen, weil man alle Maschinen und Materialien einfliegen lassen müßte. Abgesehen davon hattest du wirklich außergewöhnliches Glück, als du auf dieses Wasserloch gestoßen bist, in dem sich Gold angesammelt hatte. Ich gehe davon aus, daß es im Durchschnitt erheblich weniger konzentriert vorkommt und daß du tonnenweise Gestein auswaschen müßtest, um auch nur eine einzige Unze Gold zu finden, wofür du zur Zeit 400 bis 500 Dollar bekommst. Was nützt es, wenn man sich Illusionen hingibt und diese Tatsachen nicht wahrhaben will.«

David saß da und starrte in den Regen hinaus. »Okay«, sagte er endlich, »schließen wir einen Kompromiß: Wir bleiben morgen noch den ganzen Tag – ich wasche Gold, während du für Nahrung sorgst –, und übermorgen gehen wir zurück.«

»Willst du denn wirklich deine Gesundheit wegen ein paar Dollar aufs Spiel setzen? Du kannst unmöglich in dem kalten Wasser weiterarbeiten.«

»Wenn man nur will, ist einem so gut wie nichts unmöglich.«

»Das ist ein Spruch, eine Redensart, die hier nicht zutrifft.«

»Ich habe dir einen Kompromiß vorgeschlagen. Wie steht es damit?«

Steve schwieg eine Weile, bevor er antwortete: »Ich werde es mir überlegen.« Dann legte er sich schlafen, und David folgte nach kurzer Zeit seinem Beispiel. Immer noch regnete es in Strömen, obwohl das Gewitter weitergezogen war. In der Felsennische staute sich die Wärme, und sie hatten den Boden mit Fichtenzweigen gepolstert, so daß sie verhältnismäßig bequem schlafen konnten, solange das Feuer unterhalten wurde. Ab und zu verzischte das am Eingang herabtropfende Wasser in der Glut. Es regnete die ganze Nacht. –

Am nächsten Morgen hatten sich ihre Probleme von allein gelöst: Der Bach war durch das nächtliche Unwetter dermaßen angeschwollen und reißend geworden, daß er Davids Damm zerstört hatte. Das Wasserloch war verschwunden; die Strömung hatte es vollkommen zugeschwemmt und außerdem die Waschpfanne und den Spaten mitgerissen. David blieb nichts anderes übrig, als seine

Goldsuche aufzugeben. Das sah er schließlich auch ein, nachdem er einige Zeit fluchend am Bach auf und ab gelaufen war.

Zum Frühstück gab es nichts außer einem Schluck Wasser. Also packten sie ihre wenigen Habseligkeiten zusammen und machten sich auf den Rückweg. Der Himmel blieb nach wie vor bedeckt, aber das konnte ihnen nur recht sein, da sie einen mehrstündigen Fußmarsch vor sich hatten. Diesmal mußten sie sich ihren Pfad mühsam durch den Wald bahnen, weil das Wasser immer noch sehr hoch stand. Es fand sich bald ein Wildwechsel entlang des Wasserlaufs, dem sie folgen konnten. So sanken sie nicht bei jedem Schritt in das tiefe Moos ein und kamen trotz der vielen Umwege zuerst gut voran. Wo der Weg durch sumpfiges Gelände führte, wichen sie auf den Hang aus, und als sich der Pfad in einem Dickicht verlor, sprangen sie im Bachbett von einem Stein zum anderen.

David war schon nach einer Stunde völlig außer Atem. Schwerfällig, mehrmals stolpernd, suchte er sich seinen Weg über die Steine und hatte schon lange nasse Füße. Man merkte ihm die ungeheuren Anstrengungen der letzten Tage deutlich an. Nach einiger Zeit konnte er nicht mehr Schritt halten und blieb zurück. »Ich weiß nicht, was mit mir los ist!« rief er. »Mir ist, als hätte ich Pudding in den Beinen!«

»Kein Wunder«, erwiderte Steve und blieb stehen. »Du kannst froh sein, daß du nicht krank geworden bist.«

Da rutschte David auf einer glatten Steinplatte aus, er geriet ins Schwanken und stürzte der Länge nach zwischen zwei Felsblöcken ins Wasser. Stöhnend erhob er sich wieder, betastete den Knöchel seines rechten Beines und hinkte ans Ufer, wo er sich ins Moos setzte. Als er Schuh und Strumpf auszog, war am Fußgelenk eine Schwellung zu sehen, die rasch dicker wurde.

»Ein Bluterguß«, stellte Steve fest, nachdem er den Knöchel untersucht hatte. »Glücklicherweise scheint nichts gebrochen zu sein. Wir müssen das Gelenk bandagieren.«

»Das hat mir gerade noch gefehlt«, seufzte David, der seinen Fuß zum Kühlen ins Wasser hielt. Er zog sein Hemd aus, trennte mit dem Messer den unteren Saum ab, und Steve wickelte den Streifen fest um Ferse und Knöchel. Darüber streifte David den Socken; der Schuh paßte nicht mehr. Vorsichtig erhob er sich, humpelte ein paar Schritte im Kreis herum und setzte sich mit schmerzverzerrtem Gesicht wieder hin. »Ich kann zwar auftreten«, sagte er, »aber es tut sehr weh.«

»Wir werden eine Weile warten müssen«, meinte Steve. »Es sei denn«, fügte er grinsend hinzu, »du beharrst auf deinem Grundsatz, daß einem so gut wie nichts unmöglich ist, wenn man nur will.«

»Ja, ja«, brummte David, »mach du dich nur über mich lustig, verdient habe ich es.« Er wirkte auf einmal deprimiert. Sein Gesicht war bleich, die Augen lagen tief in den Höhlen. Mißmutig starrte er vor sich hin, umgeben von einer Wolke von Moskitos. Steve warf ihm das Fläschchen mit dem Insektenschutzmittel zu und sagte, um ihn aufzumuntern: »Es sind ja nur noch drei Stunden bis zum Camp, wir haben also Zeit genug.«

»Mir hängt der Magen bis in die Kniekehlen«, erwiderte David. »Wenn ich nicht bald etwas zwischen die Zähne bekomme, kann ich weder mit noch ohne Bluterguß weitergehen.«

»Gut«, sagte Steve und nahm sein Gewehr. »Ich will sehen, was sich machen läßt.«

David rieb sich Gesicht, Nacken und Hände mit Mükkenöl ein. Dann schnitt er einen kräftigen Weidenschößling ab, den er zu einer Krücke zurechtschnitzte, indem er sowohl in Achselhöhe wie auch als Griff jeweils eine Astgabel stehenließ, worauf er seinen Körper abstützen konnte. Die folgenden Gehversuche erwiesen sich jedoch immer noch als recht schmerzhaft und umständlich. Beinahe wäre er gestürzt, weil sich der Stock im Moos verfing.

Am Hang knallte ein Kleinkaliberschuß, kurz darauf ein zweiter. »Na also«, brummte David vor sich hin, »da haben wir ja schon einen Braten oder zwei.« Er sammelte Holz und entfachte ein Feuer.

Nach einer Viertelstunde erschien Steve zwischen den Bäumen, das Gewehr auf dem Rücken, in jeder Hand ein Eichhörnchen. »Ich habe nichts anderes finden können!« rief er und begann seiner Beute das Fell abzuziehen.

David fielen fast die Augen aus dem Kopf. »Pfui Teufel!« schimpfte er verärgert. »Sag bloß, du willst das Viehzeug essen?«

»Uns wird nichts anderes übrig bleiben«, erwiderte Steve.

»Uns? Allein schon der Gedanke ekelt mich an!«

»Wir sind seit drei Tagen nicht mehr richtig satt geworden, und unsere letzte Mahlzeit liegt zwanzig Stunden zurück. Mir ist schon ganz schwindlig vor Hunger.«

David schüttelte sich. »Davon esse ich keinen Bissen«, erklärte er mit Bestimmtheit und wandte sich ab. Er humpelte einige Schritte am Ufer entlang, suchte sich einen bequemen Platz und schnitzte mit knurrendem Magen an seiner Krücke herum.

Aber als ihm nach einer Weile der Duft von gebratenem Fleisch in die Nase stieg, wurde er zusehends unruhiger und warf verstohlene Blicke zum Feuer hinüber. Der sich ihm bietende Anblick zweier gegrillter Braten, die wie kleine Kaninchen aussahen, brach den letzten Widerstand. »Es schmeckt wirklich gut«, ermunterte ihn Steve, der sich bereits bedient hatte. »Wenn der ›Mad Trapper‹ Eichhörnchenfleisch essen konnte, warum sollten wir es nicht können?«

»Eigentlich hast du recht«, sagte David. Er langte zu, prüfte den Geschmack, schluckte. »Nicht schlecht«, murmelte er und aß mit Heißhunger. »Leider ist nicht viel dran«, meinte er, hastig kauend. Nach wenigen Minuten waren von den beiden Braten nur noch ein paar säuberlich abgenagte Knochen übrig.

Regenwolken zogen auf. »Wie steht es mit dir?« fragte Steve. »Es ist schon Nachmittag. Falls wir unser Camp heute noch vor Einbruch der Dämmerung erreichen wollen, müssen wir weiter.«

»Dann laß uns gehen«, erwiderte David. Er steckte seinen rechten Schuh in den Rucksack, den Steve auf den Rücken nahm, und sie wanderten weiter, David ächzend an seiner Krücke. Doch schon nach hundert Metern setzte er sich stöhnend auf den Boden. »Es geht nicht«, stieß er zwischen zusammengebissenen Zähnen hervor, »ich halte nicht durch.«

Steve blickte sich um. Rasch befestigte er die aneinandergeknüpften Regenponchos als Zeltdach zwischen einigen zusammenstehenden Bäumen. Darunter legte er eine dicke Schicht Fichtenzweige aus. Dann sammelte er trockenes Holz, das er im Hintergrund des behelfsmäßigen Zeltes anhäufte. Als er fertig war, begann es zu regnen. Dennoch ging er zurück in den Wald, wo er eine Stelle mit Erdbeeren entdeckt hatte. Womöglich fanden sich auch noch andere Beeren oder ein paar Pilze.

Royal Canadian Mounted Police

Alles war so, wie sie es verlassen hatten. Aufatmend sahen sie, daß ihre Proviantsäcke noch unberührt im Baum hingen. Auch die Zelte standen noch, und am Bachufer lagen wohlbehalten ihre beiden Kanus. David hinkte an seiner Krücke auf die Lichtung, warf sich ins Gras und stöhnte: »Ich bin fix und fertig.« Der Socken an seinem rechten Fuß bestand nur noch aus einigen Fetzen. Sie hatten für die wenigen Kilometer zu ihrem Lagerplatz mehr als sechs Stunden gebraucht. Jetzt ging es bereits auf Mittag zu.

Steve ließ als erstes den Proviant herunter. Er packte einen Beutel Trockeneintopf aus sowie Schokolade, die sie gierig verschlangen. Anschließend machte er Feuer. Er setzte Kaffeewasser und den Eintopf auf. Aber es dauerte ihnen viel zu lange, bis ihre Mahlzeit fertig war; sie aßen zwischendurch noch jeder einen großen Teller voll Haferflocken. »Sich aus der Natur zu versorgen«, sagte Steve, »ist gar nicht so einfach und lange nicht so romantisch, wie man denkt, wenn man satt und trocken in der Zivilisation sitzt.«

David nickte: »Du hast recht. Ich habe früher immer geglaubt, daß ich mich tagelang von Beeren ernähren könnte und daß es einfach sein müßte, ausreichend Wild zu erlegen.«

»Neulich hätte ich einen Elch schießen können«, sagte Steve, »das war am ersten Tag unserer Unternehmung. Aber da wußte ich noch nicht, daß wir derart in Bedrängnis geraten würden. Außerdem haben Elche noch Schonzeit, und das meiste Fleisch wäre uns sowieso verdorben.«

»Ob Schonzeit oder nicht«, brummte David. »Für ein saftiges Elchsteak hätte ich in den letzten Tagen gern ein paar hundert Dollar bezahlt.«

Sie aßen sich das erste Mal seit Tagen wieder richtig satt, danach fühlten sie sich wohler. David klagte allerdings über Rückenschmerzen und rutschte unruhig hin und her. »Ich muß mich überhoben haben«, meinte er, »das ist mir noch nie passiert. Na ja, ich werde es überstehen.« Er humpelte ans Wasser, wo er die Bandage abwickelte und seinen dick angeschwollenen Knöchel kühlte, der sich bläulich verfärbt hatte. Steve legte sich ins Zelt, um ein wenig auszuruhen. Spätestens in drei, vier Tagen müßten wir weiterfahren, überlegte er noch, da war er schon eingeschlafen.

Er schlief sehr unruhig und träumte, er sei wieder in Deutschland. Bett, Schrank, Schreibtisch, Stuhl, an der Wand ein Waschbecken, die Dachschrägen. Das war die Studentenbude in München. Als er aus dem Fenster blickte, erkannte er in der klaren Föhnluft weit entfernt zwischen den Dächern der Vorstadthäuser die gezackte Silhouette der Alpen, die Gipfel waren noch schneebedeckt. Neben der Tür lehnte sein gepackter Rucksack, denn er wollte verreisen, offenbar nach Kanada. Der Zug nach Frankfurt, wo er abfliegen mußte, ging erst in einigen Stunden, er hatte noch Zeit. Mühelos gelang es ihm, sich den schweren Rucksack aufzuschnallen, in dem sich alles befand, was er brauchte. Ein Satz ging ihm im Kopf herum: »Der Mensch ist nichts anderes, als wozu er sich macht.« Der Satz kam immer wieder. Er dachte darüber nach, während er mit seinem

Rucksack die Treppe hinabstieg. Neben der Haustür stand ein goldgelber Forsythienstrauch, und auf dem Rasen blühten die Krokusse. Von der Schnellstraße brandete der Verkehrslärm heran wie eine Woge.

Auf einmal befand er sich am Brunnen vor der Universität, dann im Treppenhaus mit der hohen Kuppel; er ging die breite Treppe hinauf. Flugblätter regneten in den Lichthof herab, und er griff nach einem. Es war voller Strichmännchen. Da hörte er laute Rufe und Befehle, unten fielen die Ausgangstüren dumpf ins Schloß. Rasch lief er einen Gang entlang, öffnete die Tür zum nächsten Hörsaal und trat ein.

Die Vorlesung hatte bereits begonnen. Er zwängte sich in eine der Sitzreihen, die wie im Zirkus oder in einem Stadion nach vorn hin abfielen. Dort stand am Pult, das matt beleuchtet war, der Vortragende, ein aus den Medien bekannter Politiker, der eindringlich in das Mikrophon sprach. Er redete und redete, aber keiner hörte zu. Alle schliefen, ein paar hundert Studenten in diesem riesigen abgedunkelten Saal, in den kein Tageslicht hereinkam. Eine gespenstische Szene – wie in einem Traum.

Plötzlich erinnerte er sich, daß er verreisen wollte und zum Zug mußte. Er eilte die Ludwigstraße entlang, vorbei an der Feldherrnhalle, zum Bahnhof. Eine Fahrkarte brauchte er noch, es blieb nicht mehr viel Zeit. In der Bahnhofshalle drängte er sich durch die vielen Menschen, reihte sich in die Schlange vor dem Fahrkartenschalter ein und kaufte schließlich eine Kurzstreckenfahrkarte.

Als er außer Atem und erhitzt auf den Bahnsteig kam, stand dort ein abfahrbereiter Fernzug. Eine uniformierte Reisebegleiterin lief ihm entgegen, sie rief: »Wo bleiben Sie denn? Ich habe auf Sie gewartet!« Er fand sie sehr attraktiv, nur die blaue Uniform störte ihn ein bißchen. Sie hielt den sich gerade in Bewegung setzenden Zug durch einen Pfiff auf der Trillerpfeife wieder an und wies auf die offene Tür. »Nun steigen Sie schon ein«, sagte sie. In diesem Moment fiel ihm ein, daß er eine falsche Fahrkarte hatte. Er müsse noch schnell die richtige Fahrkarte lösen, rief er und wandte sich um. »Beeilen Sie sich«, sagte sie, »wir warten.«

Er hetzte zurück in die Bahnhofshalle. Vor den Schaltern standen lange Menschenschlangen. Sollte er sich anstellen? Es überlief ihn siedendheiß, denn eine neue Frage tauchte auf: Wo war sein Rucksack? Er hatte es vergessen. Ein Bahnpolizist kam heran und sagte mit wichtiger Miene: »Vor dem Bahnhof ist das Abstellen von Fahrrädern verboten. Wissen Sie das nicht?« Er nickte und mußte zehn Mark Strafe bezahlen. Hastig gab er dem Beamten das Geld. »Sie bekommen eine Quittung!« hörte er ihn noch rufen, als er wegging. Was wird denn jetzt aus meinem Fahrrad? dachte er. Die Komplikationen nahmen kein Ende, das erschien ihm unbegreiflich.

Kurzentschlossen rannte er zurück zum Zug, der immer noch wartete. Jetzt habe ich weder meinen Rucksack noch eine Fahrkarte, dachte er, als er auf die Reisebegleiterin in der blauen Uniform zulief. Sie sagte etwas, öffnete den Mund und formte Laute. Doch er konnte sie nicht verstehen, denn in der Luft war ein Rauschen und Dröhnen, das immer lauter wurde. Er wachte davon auf und mußte sich erst darauf besinnen, daß er in Kanada in der Wildnis war. Die Geräusche eines näherkommenden Flugzeuges hatten ihn geweckt. Durch das Moskitonetz hindurch sah er, wie am Bachufer der Polizeihubschrauber landete. Rasch zog er den Reißverschluß auf und ging hinüber. Aus den Büschen an der Bachmündung kam David mit seiner Angel und mehreren Graylingen herbeigehumpelt. Das Motorengeräusch verstummte, Harrison und Joung stiegen aus.

»Wir haben Ihnen eine Kleinigkeit mitgebracht«, sagte Harrison, nachdem sie sich begrüßt hatten. Joung setzte einen Karton ab, in dem sich Obst, Kartoffeln, frisches Brot, Wurst, Käse sowie eine Flasche Whisky und ein Päckchen Tabak befanden.

»Ist das für uns?« fragte David erstaunt.

Harrison nickte. »Als Wiedergutmachung für unser rauhes Benehmen beim ersten Besuch.«

»Das wäre doch nicht nötig gewesen«, sagte David verlegen. »Aber herzlichen Dank dafür. Alles Sachen, die es hier nicht gibt.« Er humpelte zum Feuerplatz, um Kaffeewasser aufzustellen, und lud die Beamten ein, sich zu setzen.

Haben Sie sich verletzt?« fragte Harrison, auf Davids bandagierten Fuß deutend.

»Nichts Ernstes, nur ein Bluterguß.«

»Soll ich mir die Verletzung mal ansehen?« fragte Joung. »Ich kenne mich da ein bißchen aus.«

»Es ist nicht der Rede wert«, winkte David ab. »Was halten Sie davon, wenn wir uns ein paar Graylinge braten? Ich habe sie gerade gefangen, und sie sind schon ausgenommen und geschuppt – in einer Viertelstunde wären sie fertig.«

»Wir nehmen die Einladung gern an«, erwiderte Harrison, »sind schon seit heute morgen unterwegs.«

Joung, der zum Hubschrauber gegangen war, kam mit einer elastischen Binde und Salbe zurück, die er David mit den Worten aushändigte: »Vielleicht können Sie das für Ihren Fuß brauchen, die Salbe beschleunigt den Heilungsprozeß.« David bedankte sich vielmals und studierte die Beschreibung. Joung holte noch Geschirr und Besteck.

Das Wasser begann zu kochen. Steve schüttete Kaffee hinein, zog die Kanne vom Feuer und gab mit einem Löffel etwas kaltes Wasser hinzu, damit sich der Kaffee absetzte. Dann füllte er die Becher. »Immer noch auf der Suche nach diesem Trapper?« erkundigte er sich.

Harrison räusperte sich. »Ja, wir sind bisher keinen Schritt weitergekommen, im Gegenteil. Unser Chef hat nämlich die Vermutung geäußert, daß wir womöglich den falschen Mann suchen, daß eventuell der Besitzer der abgebrannten Blockhütte seinen Nachbarn ermordet und anschließend das Feuer gelegt haben könnte, um seine Spuren zu verwischen. Da die genauen Untersuchungsergebnisse des Gerichtsmediziners noch nicht vorliegen, können wir bislang nicht mit Bestimmtheit sagen, wer tatsächlich umgekommen ist.«

»Eine außerordentlich interessante Wendung des Falles«, sagte David, der seine Pfeife angezündet und aufmerksam zugehört hatte, während Steve die Fische briet.

»Die Leiche war völlig verkohlt«, fuhr der Sergeant fort, »es dürfte nicht einfach sein, ihre Identität festzustellen, zumal sie jetzt exhumiert werden mußte.« Er wandte sich David zu. »Sie würden uns insofern sehr weiterhelfen und die Fahndung erleichtern, wenn Sie uns möglichst genau berichten könnten, bis wann Sie sich in Watson Lake aufgehalten haben und wann Sie durch Johnsons Crossing gekommen sind. Inzwischen haben wir übrigens auch aus Watson Lake mehrere Hinweise erhalten, die sich jedoch auf Sie zu beziehen scheinen.«

David kratzte sich am Kopf. »Das ist ja schrecklich«,

seufzte er. »Da denkt man, der Zivilisation entkommen zu sein, und kaum ist irgendwo ein Mord passiert, wird man aufgestöbert und mir nichts dir nichts hineingezogen.«

»Ich begreife Ihren Unmut«, sagte Harrison beschwichtigend. »Haben Sie aber bitte auch Verständnis dafür, daß uns an einer baldigen Aufklärung des Falles liegt. Also beantworten Sie mir bitte zuerst die Frage, bis wann Sie in Watson Lake waren.«

David zog ein Notizbuch aus seiner Brusttasche, blätterte darin und rechnete nach. »Ich bin vor genau fünf Wochen dort abgefahren«, erklärte er.

»Gut«, sagte Harrison, »sehr gut. Und wie lange waren Sie in Johnsons Crossing?«

»Nur einen halben Tag. Ich habe im Restaurant am Alaska-Highway etwas gegessen und dann einen Lastwagenfahrer gefunden, der mich mitnehmen konnte. Er fuhr die Canal-Road nach Ross River und hat mich mit meinem Kanu unterwegs am Quiet Lake abgesetzt.«

»Dann muß es doch Brian Fraser gewesen sein, den man gesehen hat!« rief Joung.

»Fraser ist nämlich der Trapper, der Ihnen ähnlich sieht«, erläuterte Harrison. »Er wurde von einem Angler am Teslin Lake, etwa zehn Kilometer südlich von Johnsons Crossing, gesehen. Das war allerdings erst vor knapp drei Wochen.« Er breitete eine Landkarte aus und zeigte auf eine angezeichnete Stelle.

David schüttelte den Kopf. »Dort bin ich nie gewesen, vor drei Wochen schon gar nicht. Ich bin vor fünf Wochen nach Norden gefahren. Seit dieser Zeit habe ich außer dem Lastwagenfahrer und den hier Anwesenden keinen Menschen mehr gesehen.«

Die beiden Beamten blickten sich an. »Ich wußte es«, sagte Joung, »er konnte es nicht gewesen sein.«

»Jetzt haben wir Gewißheit«, sagte Harrison. »Wir werden Fraser bald finden, er hat keine Chance. Wir haben noch jeden bekommen, den wir haben wollten.«

Nachdem der Polizeihubschrauber abgehoben hatte, kehrten David und Steve zum Feuer zurück, um noch einen Becher Kaffee zu trinken. Steve deutete auf den Karton mit den Geschenken: »Eine noble Geste. Die beiden sind mir mittlerweile richtig sympathisch geworden.«

»Mir auch«, stimmte David zu. »Obwohl ich jedesmal ein bißchen Magendrücken bekomme, wenn ich sie sehe – ich kann mir nicht helfen. Hast du gehört, was Harrison zum Schluß gesagt hat?«

»Wir haben noch jeden bekommen, den wir haben wollten.«

»Genau das meine ich. Sie erscheinen mir manchmal so eitel und kehren ständig ihre Machtbefugnisse heraus. Wie dieser Konstabler Millen, den der ›Mad Trapper‹ dann umgelegt hat. Ein typischer Polizist, den seine Aufgeblasenheit das Leben gekostet hat.«

»Millen war doch ein akkurater Beamter«, entgegnete Steve. »Vielleicht ein bißchen zu sehr auf seine Polizistenehre bedacht, aber ansonsten korrekt.«

»Das ist es ja! Er war zu korrekt, er war überakkurat.«

»Warum? Er sollte Fremde überprüfen, das war sein Auftrag. Du weißt, daß die Beamten der RCMP damals einen schweren Stand hatten und daß mit dem Goldrausch am Klondike und in Alaska auch viele Gauner, Strauchdiebe und Halsabschneider in den Norden gekommen waren.«

»Aber Johnson fühlte sich ausgefragt, beschnüffelt, sonst hätte er nicht so abweisend reagiert.«

»Vielleicht hatte er eine dunkle Vergangenheit. Wer kann das wissen?«

David schüttelte heftig den Kopf und stocherte im Feuer. »Ach was!« rief er polternd. »Es lag nichts gegen ihn vor, das ist später offiziell bestätigt worden. Er wollte ganz einfach seine Ruhe haben, sonst wäre er doch nicht allein in die Wildnis gegangen. Er wollte für sich allein ganz von vorn anfangen.«

»Diese Möglichkeit wurde Johnson gelassen«, erwiderte Steve hartnäckig.

»Nein, das finde ich nicht. Millen rückte ihm noch einmal auf den Pelz: Er schickte, noch dazu am zweiten Weihnachtstag, zwei seiner Polizisten hinter ihm her.«

»Auch das war aus seiner Sicht in Ordnung. Denn Johnson besaß weder eine Trapperlizenz, die vorgeschrieben war, noch durfte er die Fallen der Loucheux-Indianer ohne weiteres entfernen. Er hätte sich zumindest mit den Indianern verständigen müssen.«

»In diesem letzten Punkt bin ich deiner Meinung«, gab David zu. »Aber deswegen brauchte Millen nicht gleich mit Kanonen auf Spatzen zu schießen. Und die beiden Polizisten brauchten sich nicht gleich aufzuregen und zu entrüsten, weil der Trapper sie nicht zum Kaffee einlud und in seiner Hütte herumschnüffeln ließ. Das ist es ja: Sie waren formal im Recht – jedenfalls beim zweiten Mal, als sie einen Durchsuchungsbefehl mitbrachten –, aber menschlich gesehen haben sie versagt. Man hätte Johnson mitteilen können, er solle sich im Frühjahr, bei besserem Wetter, eine Lizenz holen und er möge sich mit den Indianern über den

Verlauf der Fallenstrecken gefälligst einigen. Und den Indianern hätte man gleichfalls sagen können, sie sollen sich mit Johnson absprechen. Die Wildnis ist groß, da wäre Platz genug gewesen.«

»So hätte es sein sollen«, bestätigte Steve. »Dennoch hätte der Trapper – selbst wenn er sich schikaniert fühlte – niemals auf den Polizeibeamten schießen dürfen, der an seiner Tür rüttelte.«

»Vielleicht hat er Johnson beleidigt, vielleicht wollte er die Tür aufbrechen!«

»Jetzt fängst du an zu spekulieren!« rief Steve. »Fest steht nur, daß der Trapper nicht geantwortet hat, weder beim ersten noch beim zweiten Mal. Ich meine, er hätte sich erklären müssen und auf keinen Fall schießen dürfen.«

»Du hast recht«, lenkte David ein. »An dieser Stelle hat sich Johnson ganz eindeutig ins Unrecht gesetzt. – Die Sache hat eben zwei Seiten.«

Steve nickte. »Das denke ich auch, und das zeigt sich noch deutlicher bei den weiteren Reaktionen auf beiden Seiten. Sowohl die Polizisten als auch Johnson gingen über Leichen, um ›ihr‹ Recht durchzusetzen. Es gab keine Verständigung mehr, man sprach nicht mehr miteinander, man begann zu schießen.«

»Hm«, brummte David, »gar nicht so einfach, in diesem Fall festzustellen, wer schuld hatte.« Er begann seinen geschwollenen Knöchel mit der Salbe einzureiben, die ihm Joung dagelassen hatte.

In Not

Mitten in der Nacht wachte Steve auf. Er hörte Schritte, dann ein Ächzen, und war sofort hellwach. Mit einer schnellen Bewegung zog er den Reißverschluß des Schlafsacks auf, sein zweiter Griff galt dem Gewehr, das neben ihm lag. Er entsicherte es und spähte vorsichtig nach draußen in die Dämmerung. Da erblickte er David, der zum Feuerplatz wankte. »Was ist mit dir!« rief er erschrocken. Die wildesten Geschichten kamen ihm in den Sinn. Rasch schlüpfte er aus dem Zelt, blickte sich vorsichtshalber nach allen Seiten um und lief hinüber. »Ist etwas passiert?« fragte er besorgt.

Davids Gesicht war kreideweiß, auf seiner Stirn standen Schweißtropfen. »Ich habe schreckliche Schmerzen im Rücken«, stöhnte er. »Ich glaube, es sind die Nieren.« Und mit einem Anflug von Sarkasmus fügte er, auf das Gewehr deutend, hinzu: »Am besten, du erschießt mich, ich halte es nicht mehr aus.« Er sei von den Schmerzen aufgewacht, sagte er, und habe nicht mehr weiterschlafen können. Es sei dann immer schlimmer geworden und noch Fieber und Schüttelfrost dazugekommen. Er wolle sich Tee aufbrühen, um seinen Durst zu löschen. Seine Zähne schlugen aufeinander, er schwankte und setzte sich auf die Erde.

Steve legte rasch das Gewehr weg und brachte Davids Isoliermatte und seinen Schlafsack aus dem Zelt. »Kriech wieder hinein«, sagte er, »du mußt dich warm halten. Wahrscheinlich hast du dir eine Nierenentzündung geholt.« Er half ihm, zündete das Feuer an und stellte Wasser auf.

»Du hast doch neulich Kamille getrocknet«, stieß David ächzend hervor. Er lag auf der Seite und krümmte sich vor Schmerzen, die offenbar noch zunahmen.

»Ich brühe sie dir auf«, erwiderte Steve und überlegte, wie er seinem Gefährten helfen könnte. Die Schmerzen mußten sehr stark sein. Denn David, der sich bisher keineswegs wehleidig gezeigt hatte, schüttelte und wand sich und rang verzweifelt nach Luft, jeder Atemzug schien ihm Qualen zu bereiten. Nach einer genaueren Untersuchung kamen sie zu dem Ergebnis, daß es sich tatsächlich um eine Nierenentzündung handelte, dafür sprachen jedenfalls sämtliche Symptome.

»Allein mit Tee und Wärme kommen wir nicht weiter«, erklärte Steve schließlich, »du brauchst Antibiotika.«

»Woher sollen wir die bekommen?« fragte David durch die zusammengebissenen Zähne.

»Ich habe eine Packung Penicillin in meiner Notapotheke. Am besten, du nimmst sofort eine Tablette.«

»Ich mache alles, was du willst«, keuchte David. »Wenn es nur bald besser wird.«

Nachdem der Tee fertig war und David das Antibiotikum eingenommen hatte, holte Steve einige runde Steine vom Bach, die er in die Glut legte. Anschließend knüpfte er ihre Regenponchos zusammen und spannte sie mit Hilfe der Wäscheleine zwischen zwei Ästen der Pappel als Schutzdach auf. Darunter schleppte er David samt Isoliermatte und Schlafsack. Danach wickelte er die heiß gewordenen Steine in Handtücher ein, die er in den Schlafsack steckte.

»Du mußt sie an die Nieren legen«, sagte er bekümmert, »das hilft bestimmt.«

Aber es dauerte noch mehr als eine Stunde, bis sich Davids Zustand langsam zu bessern begann. Er hörte auf zu zittern und sich zu krümmen, sein Atem wurde gleichmäßiger. Er lag jetzt auf dem Rücken und murmelte manchmal unverständliche Sätze vor sich hin. Nach einer Weile – die Sonne war bereits hinter den Bäumen zu sehen – schlief er sogar ein. Steve holte seinen Schlafsack und legte sich neben ihn, um ebenfalls noch ein paar Stunden zu schlafen. –

Gegen acht Uhr morgens wachte er auf, weil David phantasierte. Er rüttelte ihn, bis er die Augen aufschlug, und gab ihm eine weitere Tablette mit etwas Tee. David machte zwar einen apathischen Eindruck, aber seine Schmerzen hatten nachgelassen. Er fühle sich viel besser als in der Nacht, sagte er. Dann schlief er wieder ein. Das Medikament schien gut anzuschlagen, das war beruhigend.

Steve sammelte Holz, stellte Kaffeewasser auf und wusch sich am Bach. Zum Frühstück hatte er Brot, Wurst und Käse, alles Geschenke der beiden Polizeibeamten. Von dem Obst mochte er nichts nehmen, es sollte für David bleiben. Aber auch die übrigen, in der Wildnis so kostbaren Delikatessen wollten ihm allein nicht recht schmecken. Er fühlte sich nicht in Stimmung zu schwelgen, er vermochte die Köstlichkeiten nicht zu genießen. Sie bedeuteten ihm nichts, obwohl er sich noch am Vortag darauf gefreut hatte. Er aß mehr mechanisch und ohne Appetit.

Während des Frühstücks beobachtete er seinen kranken Gefährten, der ihm inzwischen so vertraut war, als seien sie schon seit Jahren befreundet. Hoffentlich erholte er sich bald wieder. Vielleicht würden sie dann in einer Woche weiterfahren können. Er zog seinen Taschenkalender heraus und sah nach dem Datum, es war der 20. Juni. Bis Carmacks brauchten sie – wenn alles glatt ging – eine weitere Woche; also würde er Whitehorse erst im Juli erreichen. Nun gut, es ließ sich nicht ändern. Auf keinen Fall konnte er David jetzt allein lassen. Er beschloß, ihm eine Fleischbrühe zu kochen und nahm sein Gewehr, um auf Entenjagd zu gehen.

Der helle Schein der Sonne lag gleißend über dem See und biß in die Augen. An der Bachmündung standen Graylinge im klaren Wasser gegen die Strömung, regungslos auf Beute wartend. Weiter hinten, in der Nähe des Schilfgürtels, gründelten ein paar Enten. Er paddelte langsam darauf zu, doch die Enten flogen auf, zogen dicht über dem Schilf eine Runde und ließen sich ein paar hundert Meter entfernt hinter einer Insel aus Schachtelhalmen nieder. Vorsichtig folgte er ihnen. Im Schutz der Pflanzen fuhr er heran, mitten durch die Halme hindurch, die ihn verbargen. Er legte sich in das Kanu und glitt die letzten Meter behutsam weiter, bis er die Enten vor sich hatte. Eine schoß er mit Kleinkaliber, zwei weitere mit einem einzigen Schrotschuß. Sie gehörten zu einer der kleineren Arten, an denen nicht viel Fleisch war. Aber für zwei Personen versprachen sie eine reichliche Mahlzeit. Er trieb das Kanu rasch voran, um den Kranken nicht zu lange allein zu lassen.

Unterweg beobachtete er, wie ein Falke herabstieß und am nahen Ufer eine Bisamratte schlug. Das todwunde Tier bäumte sich unter den Fängen des Raubvogels noch einmal auf, bis es mit einigen Schnabelhieben hingestreckt wurde. Fressen und gefressen werden, dachte er. Ein Gesetz der Wildnis, in der es keine Moral gibt. Nur Leben und Vergehen. Die Moral bleibt den Menschen vorbehalten, die sich über ihr Tiersein erhoben haben. Aber wie gehen sie damit um! Ihr Bewußtsein macht sie fähig zu allem. Zu allem – nur nicht zu ewiger körperlicher Existenz.

Als er ins Lager zurückkehrte, war David wach und blickte ihm entgegen. »Wie geht es dir?« fragte er ihn so unbefangen wie möglich.

»Schon viel besser«, antwortete David mit matter Stimme, »die Schmerzen sind fast weg. Aber ich komme nicht hoch, es geht einfach nicht.« Sein Gesicht war zum Erschrecken bleich und eingefallen, seine Augen glänzten immer noch fiebrig.

»Nun mach bloß keine Dummheiten«, schimpfte er. »Wenn du bald wieder gesund werden willst, brauchst du einige Tage völlige Ruhe. Jede Anstrengung ist Gift für dich, also richte dich danach.« Er begann die Enten abzuziehen und auszunehmen. Noch während er damit beschäftigt war, strichen drei, vier Raben vom See her über die Lichtung und ließen sich in den Fichten nieder.

»Ich hoffe, sie kommen nicht meinetwegen«, seufzte David.

»Drei tote Enten sind der Grund«, lachte Steve und warf die Innereien ins Gebüsch, wo schon die Greyjays darauf warteten. Blitzschnell holten sie sich jeder einen Happen, dann mußten sie den Raben das Feld überlassen.

»Dabei wollten wir morgen aufbrechen«, sagte David.

»Daraus wird nun leider nichts. Aber das ist nicht tragisch, ich habe keine Verpflichtungen.«

»Du könntest mir das Penicillin dalassen und allein weiterfahren. Ich habe dir schon genug Unannehmlichkeiten gemacht.«

»Ach was«, entgegnete Steve, »in einigen Tagen bist du wieder auf den Beinen. In der Zwischenzeit werde ich ein paar Fische angeln und trocknen, damit wir genügend Proviant haben. Dann brauchen wir uns unterwegs nicht aufzuhalten und können Anfang Juli in Carmacks sein.« Er zündete Feuer an und brühte Tee auf, den er dem Kranken brachte. Anschließend schnitt er etwas von dem Entenfleisch in einen Topf und kochte Brühe, die er später noch mit Nudeln und Kräutern anreichern wollte.

»Ich habe überhaupt keinen Hunger«, schnaufte David aus seinem Schlafsack.

»Stell dich nicht so an«, sagte Steve. »Du bekommst einen Becher Brühe. Sonst bist du in einigen Tagen nur noch ein Gerippe, das ich ins Hospital paddeln kann. Jetzt schluckst du erstmal eine weitere Tablette; du mußt eine Woche lang jeden Tag drei davon einnehmen, so steht es in der Beschreibung.«

David trank die Brühe tatsächlich, er aß hinterher sogar noch etwas Obst. Im Laufe des Nachmittags begann es ihm besser zu gehen. Gegen Abend kam wieder Farbe in sein Gesicht, die Augen verloren ihren fiebrigen Glanz. Das Schlimmste schien überstanden zu sein. Nachts schlief er ruhig durch. Am folgenden Morgen aß er schon wieder etwas Obst und Haferflocken, mittags ein gebratenes Entenbein.

Steve hatte einen Holzvorrat aufgestapelt, Beeren gesammelt und Marmelade gekocht. Nach dem Mittagessen fuhr er auf den See, um zu angeln. Als er fort war, versuchte David einige Schritte hin und her zu laufen. Aber ihm wurde so schwindlig, daß er sich gleich wieder hinlegen mußte. Jetzt erst, nachdem er sich auf dem Wege der Besserung befand, kam ihm richtig zu Bewußtsein, daß er schwer krank gewesen war und noch einmal Glück gehabt hatte. Glück? Warum Glück? Er fühlte sich kraftlos und ausgebrannt. Das Leben erschien ihm auf einmal sinnlos, es war leer, unwichtig, ein belangloses Kommen und Gehen, vielleicht nur ein Traum in einem Traum.

Doch er wußte aus Erfahrung, daß diese trübsinnigen Gedanken nur einer Stimmung entsprangen, die vorübergehen würde, sobald sich der Körper wieder gekräftigt hatte. Er dachte an die zurückliegenden Jahre in Toronto nach seiner Einwanderung. Eine gespenstische Zeit, so kam es ihm vor, ein Alptraum. Obwohl er in einem Exportunternehmen eine befriedigende Arbeit gefunden hatte, mit der sich gutes Geld verdienen ließ. Dennoch war es immer viel zu wenig gewesen, zu wenig für Jane.

Noch in Schottland, hatte er von den Einwanderungsbehörden den Bescheid erhalten, er müsse warten, wahrscheinlich mehrere Jahre. Das war ihm unerträglich gewesen, nachdem er sich zur Auswanderung bereits entschlossen hatte; er wollte weg, raus aus der Enge der alten Welt, in der alles – so war es ihm vorgekommen – erstarrte. Dieses eintönige, triste Leben, diese farblosen Menschen, diese ganze ekelhafte Politik paßten ihm nicht mehr. Seine Eltern waren tot, die Geschwister verheiratet, nichts hielt ihn. Kanada war für ihn ein Land der Zukunft, das er liebte und mehrfach bereist hatte, vor allem den Norden. Dort wollte er neu anfangen, so bald wie möglich.

Deswegen war er auf den Gedanken verfallen zu heiraten, um dadurch die kanadische Staatsangehörigkeit zu erwerben – das hatten andere vor ihm auch schon getan, wie er wußte. Man ließ sich hinterher wieder scheiden, und alles war erledigt. Ganz einfach, ein sachlicher Vorgang zur Erlangung bestimmter Papiere.

Also heiratete er Jane, die er nicht kannte. Sie nahm 10 000 Dollar dafür und war ihm von Bekannten vermittelt worden, die sie auch nicht weiter kannten. Jane hatte als Serviererin gearbeitet, und er war auf dem Papier ihr dritter Ehemann. Was kümmerte es ihn. Er traf sich mit ihr während eines Urlaubs, sie besprachen alles und schlossen die Ehe. Ausgerechnet in Toronto, einer Dreimillionenstadt, wo er notgedrungen eine Wohnung nahm und sich Arbeit suchte. Es sollte nur eine Übergangslösung sein, bis zur Scheidung, denn er wollte weiter in den kanadischen Norden.

Damit fingen die Probleme an. Selbstverständlich lebte er nicht mit Jane zusammen, aber sie trafen sich mehrmals zur Besprechung ihrer Scheidung. Sie war arbeitslos geworden oder hatte keine Lust zu arbeiten, sie hatte auch bald kein Geld mehr. Dagegen besaß er eine gutbezahlte Stelle, eine geräumige Wohnung, Auto, Bekannte und Freunde. Jane kam ihn ab und zu besuchen, sie sah sich um, und sie verlangte – entgegen ihren Vereinbarungen – mehr Geld, nochmals 10 000 Dollar.

Was sollte er machen? Er zahlte nach einigem Hin und Her, um allem Ärger aus dem Wege zu gehen. Er ließ sich von ihr erpressen. Jane war nicht häßlich, ein bißchen zu aufgeputzt für seinen Geschmack, ansonsten jedoch eine durchaus angenehme Erscheinung. Er schien ihr auch nicht unsympathisch zu sein, das merkte er. Aber als sie kurz vor der Scheidung erneut Geld von ihm forderte, weigerte er sich. Daraufhin kam die Scheidung nicht zustande, und Jane drohte ihm mit einer Anzeige. Sie war Abzahlungsverpflichtungen eingegangen, außerdem war ihr die Wohnung gekündigt worden, weil sie mit der Miete im Rückstand blieb. Sie befinde sich in einer Zwangslage, erklärte sie, er möge Verständnis dafür haben, zahlen müsse er sowieso. Denn schließlich seien sie formell miteinander verheiratet, und als ihr Ehemann habe er für ihre Schulden aufzukommen. Da beging er den zweiten großen Fehler. Sie mußte aus ihrer Wohnung ausziehen – und er nahm sie bei sich auf. Warum nicht, hatte er gedacht. Wenn schon keine Scheidung, dann wenigstens eine Ehe. Also begannen sie zusammenzuleben. Und dieses Martyrium dauerte fast fünf lange Jahre.

Jane hatte viel Zeit, sie langweilte sich. Er flog mit ihr nach Europa und nach Hawaii, das gefiel ihr. Ein größeres Auto mußte angeschafft werden, die Wohnung wurde neu eingerichtet. Das kostete Geld. Bald reichte der Verdienst nicht mehr aus, und auch seine Ersparnisse gingen zu Ende. Denn Jane gab jeden Monat große Summen für extravagante Kleidung, Kosmetikartikel und Restaurantbesuche aus; sie spielte Squash, ging jede Woche zum Friseur, ließ sich massieren. Es war zum Verzweifeln. Schließlich mochte er abends nicht mehr nach Hause gehen, er nahm sich ein Zimmer. Doch das nützte nichts. Sie ließ ihn nicht entkommen, und über seine Arbeitsstelle konnte sie ihn jederzeit erreichen. Er war ihr nicht gewachsen, er begann zu trinken. Außerdem tat er endlich das, was er schon lange hätte tun sollen: Er nahm sich in einem lichten Augenblick einen fähigen Anwalt, der die Scheidung betrieb. Das gab noch mehr Probleme. Jeden Abend saß er in einer Kneipe oder Bar und betrank sich. Eine furchtbare Zeit. Als er daran zurückdachte, schüttelte es ihn. Jetzt hatte er schon seit Monaten keinen Alkohol mehr angerührt. Und auch die Whiskyflasche in dem Karton, den die Polizisten mitgebracht hatten, interessierte ihn nicht sonderlich.

David richtete sich auf. Er zog seinen Rucksack als Rückenstütze heran und aß einen Apfel. Die ihn umgebende Natur strömte eine große Ruhe aus, die sich auf ihn übertrug. Ein Buch wäre nicht schlecht, dachte er. Ihm fiel ein, daß sich ganz unten im Rucksack noch ein Roman befand, den er hervorholte: »Lockruf des Goldes« von Jack London. Er suchte die Stelle, an der er vor Wochen zu lesen aufgehört hatte, noch in der Zivilisation. Elam Harnish alias Burning Daylight, dieser pantherhafte, unbekümmerte Glücksritter, hatte in einer Nacht in Circle City 40 000 Dollar verspielt und sich am folgenden Morgen mit dem Hundeschlitten auf den tausend Meilen weiten Weg nach Dyea am Pazifik gemacht, um die Post zu holen. Nach einigem Blättern fand David die Einkerbung seines Fingernagels im Buch. Bald hatten ihn die spannende Handlung und die kräftige, ausdrucksvolle Sprache des Autors erneut in ihren Bann gezogen, so daß er alles um sich herum vergaß. Er las, wie Burning Daylight Gold findet und wie er sich zu einem rücksichtslosen Geschäftemacher entwickelt...

Bis ein Geräusch am Rande der Lichtung – vielleicht war es auch ein Geruch oder ein seltsames Gefühl, das ihn überkam, oder einfach Müdigkeit – seine Konzentration beeinträchtigte. Als er hochblickte, glaubte er seinen Augen nicht zu trauen: Vom Waldrand her näherte sich ein Bär. Die Nase auf dem Boden, kam er schnüffelnd an das erloschene Feuer heran, untersuchte den Kochtopf, der allerdings leer war, und machte sich über die Bratpfanne her. Darin befand sich noch eine Entenkeule, die im Nu verschwunden war.

Auch das Fett leckte er sorgfältig aus, dann fraß er den Beutel mit den Haferflocken samt dem Papier. David sah zu und wagte sich nicht zu rühren, der Schreck saß ihm in den Gliedern. Hoffentlich bemerkt er mich nicht, dachte er. Aber ihm wurde in demselben Moment klar, daß diese Hoffnung vergeblich war.

Jetzt hatte der Bär den Karton entdeckt, in dem sich noch Obst, Kartoffeln und der Whisky befanden. Er steckte seinen Kopf hinein, und David hörte ihn schmatzen. Dann ist er wenigstens nicht mehr hungrig, dachte er, und sah den Bären an der Whiskyflasche herumknabbern. Glas schien ihm jedoch nicht zuzusagen, er brummte ärgerlich. Mit einigen Schlägen seiner Tatzen zerfetzte er den Karton und blickte sich nach weiterer Nahrung um. Die Stelle, an der Steve die Enten ausgenommen hatte, interessierte ihn, diesen Geruch verfolgte er weiter bis in die Büsche. Da kroch David leise zu seinem Zelt hinüber. Hastig griff er nach seinem Gewehr und drehte sich um. Der Bär trottete gerade wieder auf die Feuerstelle zu.

David berichtet

Aus der Richtung des Camps hallte ein Schuß über den See. Steve erschrak. Er blickte angestrengt hinüber, konnte jedoch nichts Außergewöhnliches entdecken, zumal die Entfernung mehr als einen Kilometer betrug. Eilig zog er die Schnur ein und warf die Angel ins Boot. Womöglich war etwas passiert. Besser, er schaute nach. Mit kräftigen Paddelschlägen trieb er das Kanu der Bachmündung entgegen. Es mußte David sein, der geschossen hatte, vielleicht auf ein Kaninchen oder ein Fichtenhuhn. Andererseits war es unwahrscheinlich, daß er auf Jagd ging.

In dem flachen Wasser zwischen der Insel aus Schachtelhalmen und dem Ufer stand eine Elchkuh mit ihrem Kalb. Aber er nahm sich nicht die Zeit, die Tiere zu beobachten, die sich von dem rasch vorbeiziehenden Kanu überhaupt nicht stören ließen. Noch ein paar Paddelschläge, und der Bach lag vor ihm. Schweißüberströmt lenkte er das Boot hinein. Auf der Lichtung herrschte vollkommene Stille.

David saß, die Flinte im Arm, auf seinem Lager unter der Plane. Und vor ihm lag ausgestreckt ein großer Bär. »Um Himmels willen!« rief Steve. »Bist du okay?«

»Alles klar!« lautete die Antwort. »Er wollte mich verspeisen, da hab' ich ihm eine Kugel verpaßt!«

Vorsichtig ging Steve an den Bären heran, das Gewehr schußbereit.

»Er ist mausetot«, sagte David, »ich habe ihn mir schon angesehen.«

»Ein guter Schuß«, lobte Steve, immer noch staunend.

In Davids Stimme schwang Stolz und zugleich Verlegenheit mit: »Mir blieb nichts anderes übrig, und auf so kurze Entfernung war er nicht zu verfehlen.«

»Ein ganz schöner Brocken. Offenbar ist es derselbe Bär, der uns schon einmal besucht hat.«

»Er kam direkt auf mich zu, da hab' ich die Nerven verloren«, seufzte David. »Vielleicht hätte ich gar nicht zu schießen brauchen.«

»Ach was!« rief Steve. »Wir können Fleisch gut gebrauchen, nachdem wir hier noch für einige Tage festsitzen.«

»Es wird uns bei dieser Witterung schnell verderben.«

»Nein, das wird es nicht. Ich baue nämlich nachher ein Räucherhaus.« Er zog sein Jagdmesser und machte sich daran, dem Bären das Fell abzuziehen und das Fleisch zu zerteilen. Wie aus dem Nichts heraus waren auf einmal wieder die Raben da; aus den Kronen der Bäume äugten sie herab und warteten auf ihren Anteil.

Die Arbeit dauerte bis zum Abend. Anschließend schlug Steve das Fleisch wieder in das Bärenfell ein und beschwerte es mit Steinen, damit die Raben und Greyjays nicht herankamen.

»So«, sagte er aufatmend, »jetzt wollen wir erst mal essen.« Er reinigte sich am Bach und bereitete einen der Hechte zu, die er gefangen hatte. David half ihm dabei, obwohl er noch sehr schwach war. Aber sein Appetit war schon wieder fast normal, er nahm eine gehörige Portion.

Auch Steve hatte Hunger. »Morgen gibt es zu Mittag Bärensteak«, sagte er kauend.

»Ich bin gespannt, wie es schmeckt«, meinte David. »Ein gutes Stück Fleisch ist für mich immer noch etwas Besonderes. Meine ehemalige Frau, Jane, hat das nie verstanden. Aber sie hat auch niemals richtig Hunger gelitten. Weißt du, ich bin in der Zeit nach dem Krieg aufgewachsen, als Nahrungsmittel knapp waren. Wir haben zwar auf dem Lande gelebt, inmitten eines Überflusses an Nahrung, aber zu essen hatten wir nicht viel. Mein Vater war Landarbeiter; er verdiente so wenig, daß ich das halbe Jahr barfuß laufen mußte. Wenn das Schwein geschlachtet wurde, das wir mühsam durchgefüttert hatten, war das ein festliches Ereignis: Man durfte einmal im Jahr soviel essen, wie man wollte. Wir haben uns jedesmal die Bäuche vollgeschlagen, bis wir kaum noch gehen konnten.«

»Wie bei den Naturvölkern nach einer erfolgreichen Jagd«, lachte Steve.

»Ja, das ist vergleichbar. Man bildete sich zwar immer ein, ihnen die europäische Kultur bringen zu müssen. Dabei lebten große Teile der europäischen Bevölkerung jahrhundertelang viel primitiver als die sogenannten Primitiven in anderen Erdteilen, die kolonisiert wurden. Letzten Endes ging es lediglich darum, sich andere Völker dienstbar zu machen, ihnen das Land, ihre Naturerzeugnisse und Bodenschätze abzunehmen.«

»Die Indianer sind ein gutes Beispiel dafür. Sie hatten alles, was sie brauchten, bevor die Weißen kamen.«

»Die unersättlichen Weißen mit ihren schwimmenden Häusern, den Donnerwagen und Feuerrohren. Wer sich nicht unterwerfen wollte, wurde umgebracht. Man hat Indianer gejagt wie Hasen, auch die Frauen und Kinder getötet, ihnen mit Pocken infizierte Decken geschenkt, ihnen

Alkohol gegeben. Man hat die Büffel zu Hunderttausenden abgeschossen und verfaulen lassen, so daß die Indianer betteln kommen mußten, weil es ihnen an Fleisch zum Essen und an Fellen für ihre Zelte und Kleidung fehlte. Und dann hat man dort, wo vorher Büffel weideten, Rinder gezüchtet, die natürlich jemandem gehörten, der Geld dafür verlangen konnte. Das entsprach so dem Wesen der Weißen und entspricht ihm immer noch. Die Büffel waren wild, sie gehörten dem, der Hunger hatte; Rinder waren dagegen Eigentum, die konnte man verkaufen.«

»Auf der anderen Seite darf man nicht vergessen«, warf Steve ein, »daß viele der in Europa Verfolgten und Unterdrückten in Amerika eine neue Heimat fanden. Daß hier die Menschenrechte proklamiert und Bürgerfreiheiten eingeführt wurden, von denen man in Europa nur träumte.«

»Dennoch bleibt die Besiedlung Amerikas durch die Weißen ein einziges unermeßlich großes Verbrechen, eine Aneinanderreihung von Betrug, Erpressung, Unterdrückung, Raub und Mord. Aber natürlich ging es in Europa nicht wesentlich humaner zu, wenn auch geordneter. Wer sich nicht schikanieren ließ, wurde gejagt, eingekerkert und hingerichtet, wer Brot stahl, wurde kurzerhand aufgehängt. Ich kann mich erinnern, daß in unserem Dorf ein Mann wegen Wilddieberei hart bestraft wurde, weil er Kaninchen in Schlingen gefangen hatte. Allerdings blieb dabei unerwähnt, daß die Familie dieses Mannes hungerte. Das war nicht im vergangenen Jahrhundert, sondern in den fünfziger Jahren. Er mußte ins Gefängnis, und seine Familie wurde ihrem Schicksal überlassen. Eine der Töchter traf ich später in Glasgow wieder, wo sie auf den Strich ging; einer der Söhne wurde wegen Einbruchdiebstahls zu einer langen

Freiheitsstrafe verurteilt. Weißt du, was die Leute dazu sagten? Das läge bei denen im Blut. Nun frage ich dich: Wem gehörten denn diese Kaninchen, die gefangen wurden und die es zu Hunderten gab?«

»Dem Landbesitzer wahrscheinlich.«

»Richtig. Aber er hatte genug zu essen und betrieb die Jagd lediglich zum Zeitvertreib. Ich habe in den Ferien und nach der Schule für ein paar Pennies auf seinen Feldern gearbeitet, meine Eltern haben sich für ihn totgerackert. Dennoch ging es seinen Kühen und Schweinen besser als uns. Denn die Kühe sollten Milch geben, und die Schweine wollte er schlachten oder verkaufen. Deswegen mußte das Vieh gepflegt werden. Dagegen waren wir nur zum Arbeiten zu gebrauchen, wir zählten nicht. Meine Eltern haben das übrigens immer als gottgegeben hingenommen, während mir merkwürdigerweise schon als Jugendlichem klar wurde, daß diese Verhältnisse unanständig und inhuman waren. Vielleicht lag das daran, daß ich viel gelesen habe. Und das ist auch so ein Kapitel für sich, denn Lesen galt als eine sinnlose Beschäftigung, als Faulheit. Wenn ich mit einem Buch gesehen wurde, hieß es sofort: ›Hast du nichts Besseres zu tun!‹ Wer las, vertrödelte angeblich seine Zeit. Oft habe ich deswegen von meinem Vater, der sehr streng war, Prügel bekommen. Es gab sogar eine Redewendung, die bezeichnend ist: ›Der hat wohl zu viele Romane gelesen.‹ Das sagte man, wenn jemand eine Bemerkung machte, die nicht in das allgemeine Weltbild paßte. Aber ich ließ mich, allein schon aus Trotz, nicht davon abbringen. Hauptsächlich las ich Schund, und nur selten bekam ich gute Literatur in die Hände, ich meine Bücher, die einen Menschen verändern können. Ob Schund oder Literatur: Ich begann über vieles nachzudenken, woran ich sonst keinen Gedanken verwendet hätte. Die Bücher halfen mir weiter.« Er schwieg eine Weile, ganz in Gedanken, und stopfte sich dann seine Pfeife. »Du siehst«, sagte er grinsend, »es geht mir schon wieder viel besser.«

»Hast du dann nach deiner Entlassung aus der Schule ebenfalls in der Landwirtschaft gearbeitet?« fragte Steve.

»Nur kurze Zeit, obwohl die Verhältnisse in den fünfziger Jahren langsam besser wurden. Mit 18 Jahren bin ich abgehauen. Ich habe eines Tages, als mein Vater fort war, meine Sachen gepackt, mich von meiner Mutter verabschiedet und bin nach Glasgow gegangen. Dort habe ich mich einige Monate mit Gelegenheitsarbeiten durchgeschlagen, bis ich auf einem Schiff anheuern konnte. Das hing übrigens ebenfalls mehr oder weniger mit meiner Lektüre zusammen. Zum Beispiel hatte ich die ›Hornblower‹-Romane von Cecil S. Forester verschlungen, in denen der Lebensweg eines Mannes vom Schiffskadetten zum Konteradmiral beschrieben wurde. Diese Mischung aus Piratenmentalität und Edelmut paßte damals recht gut in mein Weltbild. Denn ich wollte es ebenfalls vom Schiffsjungen zum Kapitän bringen, sozusagen vom Tellerwäscher zum Millionär.«

»Du bist zur See gefahren?« fragte Steve neugierig und schenkte sich einen Becher Kaffee ein.

»Ja, drei Jahre lang. Ich war in London, Hamburg, New York, San Francisco, Valparaiso, Sydney, Kalkutta und wie diese Häfen alle heißen, in denen eine Kneipe wie die andere aussieht, eine Bar der anderen gleicht. Es war lange nicht so romantisch, wie ich es mir vorgestellt hatte. Deswegen habe ich dann noch ein College besucht und mich anschließend als Exportkaufmann ausbilden lassen. Es hat lange gedauert, bis ich aus dem Dreck raus war. Und du kannst mir glauben, daß es gar nicht einfach ist, seinen Weg zu finden, wenn einem niemand auf die Sprünge hilft. Beispielsweise verfolgte ich lange Zeit das Ziel, möglichst reich zu werden. Neulich, mein Verhalten beim Goldsuchen, das war ein typischer Rückfall. Wenn ich jetzt daran denke, wie ich mich benommen habe, schäme ich mich. Denn eigentlich habe ich überhaupt nicht mehr das Bedürfnis, Millionär zu sein. Natürlich möchte ich menschenwürdig leben, und dazu braucht man auch Geld, das ist klar. Aber Geld an sich hat für mich keine große Bedeutung. Es macht wirklich nicht glücklich, das habe ich im Laufe der Zeit gemerkt. Und richtig reich werden, vor allem reich bleiben, kann man – wenn man es genau betrachtet – nur auf Kosten anderer Menschen.«

David machte nun doch einen müden Eindruck. Das lange Sitzen hatte ihn erschöpft, und er legte sich wieder hin.

»Ich fange am besten gleich mit dem Bau des Räucherhauses an«, meinte Steve, nachdem er seinen Kaffee ausgetrunken hatte.

»Je eher, desto besser«, brummte David. »Entschuldige, daß ich dir nicht helfe, aber ich fühle mich schon wieder wie ein Greis. Vielleicht hätte ich nicht so viel essen und nicht rauchen sollen.«

»Ruhe dich nur aus«, sagte Steve. »Du bist immer noch krank, vergiß das nicht.« Er ging in den Wald und schlug Fichtenstämme. Als er genug beisammen hatte, begann er am Rande der Lichtung über einer Bodenvertiefung einen zwei Meter hohen Kasten zu errichten, indem er die Enden der Stämme mit dem Beil einkerbte und wie beim Blockhausbau miteinander verzahnte. Dazu benötigte er keinen einzigen Nagel. An einer Seite blieb unten eine Öffnung frei, die zugestellt werden konnte. Das Dach bestand aus Zweigen und Rindenstücken.

Anschließend schnitt er das Bärenfleisch – bis auf die Lendenstücke, die er beiseite legte – in Streifen und hängte es an starken Weidenästen im oberen Teil der Räucherkammer auf. Damit es nicht verbrannte, verkeilte er zwischen dem Feuerloch und dem zu räuchernden Fleisch eine Steinplatte, an der vorbei der Rauch nach oben ziehen konnte. Mitternacht war lange vorbei, als er endlich fertig war und das Feuer zu qualmen begann. Während der Nacht stand er zweimal auf, um Holz nachzulegen.

Aufbruch

Die Zelte waren abgebrochen, das Lagerfeuer war gelöscht. Sie luden ihre Rucksäcke und das in den Proviantbeuteln verstaute Bärenfleisch in die Kanus. Die Strömung des Baches trug sie hinaus; bereits nach kurzer Zeit hatten sie die Halbinsel umrundet und fuhren mit weit ausholenden Paddelschlägen auf das Ende des Sees zu, das sie nach zwei Stunden erreichten. Die von hohen Fichten gesäumten Ufer traten zusammen, der Sog des Flusses wurde spürbar.

Vor ihnen lag der Big Salmon River, ein Wasserweg, den seit Jahrhunderten schon die Indianer und später die Pelztierjäger und Goldsucher benutzt hatten. Der Karte nach war der Fluß bis zu seiner Einmündung in den Yukon ohne Schwierigkeiten befahrbar. Aber sie wußten beide aus Erfahrung, daß man sich nie hundertprozentig auf die Karten verlassen konnte. Manche Flüsse veränderten bei Hochwasser ihr Bett, es entstanden Hindernisse aus angeschwemmten Bäumen und Treibsand, Stromschnellen tauchten auf, die auf keiner Landkarte verzeichnet waren, Biberdämme, Verengungen durch Erdrutsche, wo man kurz zuvor noch gemächlich dahingleiten konnte. Man mußte auf der Hut sein, ständig den Wasserlauf vor sich beobachten. Wenn Inseln oder Sandbänke kamen, galt es die günstigste Route einzuschlagen, damit man nicht umkehren oder in dem seichten Wasser aussteigen mußte.

Zuerst konnten sie noch nebeneinander fahren. In dem glasklaren Wasser, das nur einen halben Meter tief war, standen an manchen Stellen Hunderte von Graylingen. Das Ufer war hügelig und dicht bewaldet. Weit voraus erschienen manchmal zwischen den Bäumen die zerklüfteten, immer noch von Schneeresten bedeckten Spitzen der Pelly Mountains. Die Sonne stand um diese Tageszeit günstig für die Reisenden, nämlich im Südosten, also überwiegend im Rükken oder seitlich. Das Paddeln fiel leicht und machte Spaß, obwohl es warm geworden war. Aber die vom Wasser aufsteigende Kühle wirkte belebend und vertrieb die Moskitos.

»Ein Glück, daß wir genügend Räucherfleisch haben«, sagte David. »Nachdem uns der Bär sämtliche Haferflocken und auch die Kartoffeln weggefressen hat, besitzen wir kaum noch Grundnahrungsmittel. Ein Bärenmagen scheint erstaunlich strapazierfähig zu sein. Wer hätte gedacht, daß so ein Viech derartige Mengen auf einmal verschlingen kann, sogar einschließlich des Packpapiers. Den Räuber zu verspeisen, ist allerdings eine sehr altertümliche Rache – aber sein Fleisch schmeckt mir.«

»Ich hatte nicht damit gerechnet, daß wir uns so lange aufhalten würden«, erwiderte Steve. »Mein Lebensmittelvorrat war nur auf zwei bis drei Wochen berechnet; eigentlich wollte ich schon lange in Carmacks sein.«

»Tut mir leid«, brummte David. »Nur gut, daß du Antibiotika bei dir hattest. Ich möchte nicht wissen, was sonst aus mir geworden wäre.«

»Ein Beutel Mehl ist noch da«, sagte Steve, »etwas Reis, Öl, eine Handvoll Bohnen und die Beerenmarmelade. Leider ist der Kaffee ausgegangen – heute morgen haben wir den letzten getrunken.«

»Er war auch danach«, lachte David. »Wir können in den nächsten Tagen ebensogut Tee trinken, nachdem du so viel Kamille getrocknet hast.«

Steve verzog sein Gesicht. »Ohne Kaffee oder schwarzen Tee zum Frühstück fehlt mir etwas.«

»Stell dich nicht so an«, feixte David. »Im Busch darf man nicht wählerisch sein, man muß sich den Umständen anpassen. Feinschmecker wie du können hier leicht verhungern oder verdursten.«

»Du hast gut reden«, schimpfte Steve, »du magst Kamillentee.« Er zog sein Paddel kräftig durch und verkantete es ein wenig, so daß ein Schwall Wasser über das nachfolgende Boot spritzte.

David revanchierte sich auf der Stelle. »Das erfrischt herrlich!« rief er prustend und holte rasch wieder auf. »Nun warte doch! Oder willst du an einem Tag nach Carmacks? Vielleicht treffen wir jemanden, der uns mit Kaffee aushelfen kann. Ich habe gehört, daß hier ab und zu Touristen unterwegs sind.«

Steve schüttelte sich das Wasser aus dem Haar. »Das sollte mich wundern«, antwortete er. »Obwohl die Route ein Spaziergang zu sein scheint.«

Die Kanus wurden von der Strömung mitgenommen, so daß sie ohne große Mühe vorankamen. David hatte sich in den letzten Tagen am See wieder völlig erholt. Er war guter Dinge und unternehmungslustig wie zuvor. Manchmal demonstrierte er seine Gewandtheit mit dem Paddel, oder er unternahm Abstecher ans Ufer, ohne jedoch die Weiterfahrt dadurch zu beeinträchtigen. Einmal sahen sie vor sich eine Herde Karibus den Fluß überqueren, und sie warteten eine Weile, um die Tiere – insgesamt zählten sie 14 Stück –

nicht unnötig zu erschrecken. Auch ein Stachelschwein und einen Luchs konnten sie beobachten, denn die Boote glitten so geräuschlos heran, daß die Tiere sie gar nicht bemerkten.

Mittags rasteten sie am Ufer, um sich ein wenig die Beine zu vertreten. Das Sitzen ermüdete auf die Dauer, und das fortwährende Paddeln ging auf die Schulter- und Armmuskeln, obwohl sie beide stundenlange Kanufahrten gewohnt waren.

»Bisher ist es noch richtig gemütlich«, meinte Steve. »Auf dem Weg von Ross River mußte ich drei Tage lang sogar flußaufwärts fahren, und zweimal hatte ich das Boot mehrere Kilometer über Land zu tragen. Wenn mir meine Freunde die Route nicht genau beschrieben hätten, wäre ich verzweifelt.«

»Ich kenne das«, erwiderte David. »Vor sechs Jahren war ich wochenlang in den Nordwest-Territorien in der Gegend des Nahanni-Nationalparks unterwegs. Es war manchmal die reine Schinderei, aber in dieser Zeit habe ich erst richtig mit dem Kanu umgehen gelernt. Damals war ich noch Tourist, jetzt fühle ich mich schon heimisch.«

Sie aßen mitgenommene Bannocks mit Marmelade und tranken Wasser dazu. Anschließend packte David seinen Dudelsack aus. Während er zum Erschrecken der Vögel und Eichhörnchen alte schottische Tänze spielte, sah sich Steve im Wald um. Die ersten Blaubeeren waren reif geworden, an manchen Stellen gab es schon Pilze. Er nahm sich vor, demnächst sammeln zu gehen.

Nach einer Stunde fuhren sie weiter. Die den Fluß begleitenden Höhen wurden steiler, der Big Salmon River wand sich in zahlreichen Krümmungen und Schleifen hindurch, das Wasser wurde unruhiger. »Der Karte nach müßten bald Stromschnellen kommen«, sagte Steve gerade, da sahen sie hinter einer Biegung Schaumkämme auftauchen. Das Rauschen des Wassers wurde lauter, die Strömung stärker. »Da sind sie schon!« rief David. »Wollen wir gleich hindurch oder vorher lieber nachschauen?«

»Nachschauen!« gab Steve zurück, und sie hielten rasch auf das Ufer zu. Der Platz, an dem sie landeten, schien öfter von Booten angelaufen zu werden, denn es lagen angekohlte Holzstücke und verrostete Konservendosen herum. Vom Hang aus übersahen sie eine längere Strecke bis zur nächsten Biegung des Flusses, der mit erheblichem Gefälle seinen Weg an mehreren Felsen vorbei nahm. Verschiedentlich schäumte und wirbelte es, daß einem angst und bange werden konnte.

»Wir sollten die Kanus lieber herumtragen«, sagte Steve bei diesem Anblick.

»Das meine ich auch«, erwiderte David. »Dort drüben führt ein Pfad über den Hügel, das ist bestimmt die Portage.«

Sie zogen die Boote an Land, nahmen als erstes ihr Gepäck und stapften los, einer hinter dem anderen wie die Packesel. Da sie einen Teil des geräucherten Bärenfleisches in den Rucksäcken verstaut hatten, wogen diese etwa 30 Kilo; an den Seiten steckten die Angeln, Zeltstangen und Beile, hinten hingen Wasserflaschen, Pfannen und Töpfe sowie die festgeschnallten Paddel. Außerdem hatten sie noch in einer Hand ihre Gewehre und in der anderen die Proviantbeutel mit dem übrigen Fleisch zu tragen. Aber sie wollten die Strecke nicht dreimal gehen. So kam es, daß sie schon nach 200 Metern die erste Rast einlegen mußten. Doch der Pfad war ausgetreten und nicht allzu steil. Nach einer halben Stunde kamen sie wieder am Fluß an, der einen weiten Bogen beschrieb, den sie auf dem Landweg abgekürzt hatten. Sie hängten ihr Gepäck vorsichtshalber in einen Baum und gingen denselben Weg zurück, um auch die Boote zu holen. Als sie nach einer weiteren Stunde erneut das Ufer erreichten, keuchten beide um die Wette. Sie legten sich erst mal ins Gras, um sich auszuruhen.

»Hoffentlich wiederholt sich das nicht allzuoft«, schnaufte Steve. »Sonst wäre ich dafür, lieber auf dem Wasser zu bleiben und das Risiko in Kauf zu nehmen. Diese Plackerei ist mir zu anstrengend und zu zeitraubend.« Er schaute auf der Flußkarte nach. »Hier sind noch mehrere Stromschnellen eingezeichnet, angeblich alle befahrbar.«

»Gut«, nickte David, »fahren wir durch – schließlich sind wir keine Anfänger. Außerdem tut mein Knöchel wieder weh.«

Sie beschlossen, gleich dort, wo sie waren, ihr Nachtlager aufzuschlagen. Bald standen die Zelte, und das Feuer brannte. David übernahm ohne viele Worte die Zubereitung des Abendessens, das in der Hauptsache aus einer riesigen Portion Bärenfleisch bestand. »Dann brauchen wir nächstens nicht mehr soviel zu schleppen«, meinte er grinsend und schnitt das Fleisch in Würfel. Mit dem Reis ging er dagegen sehr sparsam um, denn viel war in dem Beutel nicht übrig geblieben. Währenddessen sammelte Steve ein paar Kräuter und Pilze, die er dazugab. Schon nach einer halben Stunde war der Eintopf fertig. Sie langten beide kräftig zu und stillten ihren Bärenhunger. –

Am nächsten Morgen aßen sie zum Frühstück die aufgewärmten Reste vom Vorabend. Dann verstauten sie ihr Gepäck in wasserdichten Plastiksäcken, die an den Querholmen festgebunden wurden. Als sie weiterfuhren, stiegen die Ufer zu beiden Seiten steil empor; in die oberen Sandstreifen unterhalb der Humusschicht hatten die Uferschwalben ihre runden Nistlöcher gebaut.

Die Strömung war immer noch sehr stark. Im Fluß lagen Felsbrocken, manche befanden sich knapp unter der Wasseroberfläche und waren nur an der Wellenbewegung erkennbar, so daß man ständig Obacht geben mußte. Erneut drang ein Rauschen an ihr Ohr, auf das sie rasch zutrieben. Die Strömung wurde so reißend, daß zum Überlegen keine Zeit mehr blieb. Vor den Hindernissen, an denen sich das Wasser sprühend brach, konnten sie oft gerade noch in letzter Sekunde ausweichen oder die Bahn wechseln. Es wirbelte und brodelte um sie herum, Gischt wehte ihnen ins Gesicht. Die Kanus vibrierten, bockten, schaukelten, Wasser klatschte gegen die Bordwände, schlug manchmal herein. Aber sie kamen hindurch, ohne Schaden zu nehmen – nach fünf Minuten war das Schlimmste überstanden. An einer Krümmung des Flusses hielt sich David, der voranfuhr, an der Innenseite hart am Ufer. Vor ihnen lag eine Schlucht, durch die das Wasser mit großer Geschwindigkeit hindurchschoß. Minutenlang ging es an senkrecht aufragenden glatten Felswänden vorbei, dann weitete sich die Wasserfläche, der Fluß lag wieder ruhig vor ihnen, die Strömung ließ allmählich nach.

»Das hätten wir geschafft!« rief David.

»Es hat sogar Spaß gemacht!« gab Steve zur Antwort.

Sie lachten sich befreit zu und ließen die Kanus nebeneinander treiben.

Indianer

Die Pelly Mountains standen im hellen Licht der Nachmittagssonne. Unaufhaltsam nahm der Fluß, der sich durch mehrere Zuläufe verbreitert hatte, seinen Weg zwischen den felsigen Höhenzügen nach Nordwesten, um schließlich in einem weiten Bogen, als wolle er Anlauf holen, die Big Salmon Range zuerst südwärts und später westwärts zu durchbrechen. Doch so weit war es noch nicht. Gemächlich zogen die beiden Kanus nebeneinander dahin; für ihre Insassen bestand Gelegenheit, die Kräfte zu schonen. Über dem Wasser flimmerte die Luft, denn es war sehr heiß geworden.

Erst gegen Abend merkten sie, daß sich die Richtung allmählich änderte. Die Sonne stand jetzt schon eine geraume Zeit seitlich zur Rechten. Da hörten sie flußabwärts das Tuckern eines Motorbootes. Hinter einer Biegung bekamen sie es zu Gesicht: Vor ihnen kontrollierte jemand ein in Ufernähe ausgelegtes Netz – das heißt, er schien es zu beabsichtigen. Beim Näherkommen sahen sie, daß in dem Fahrzeug ein alter Mann saß, ein Indianer. Die Schwimmer des Netzes bewegten sich heftig, ein Zeichen dafür, daß er einen guten Fang zu erwarten hatte. Aber er hielt sein Boot im tieferen Wasser, denn am Ufer trottete ein riesiger Grizzly auf und ab, der sich weder durch das Motorengeräusch noch durch Zurufe von seinem Platz vertreiben ließ. Von Zeit zu Zeit machte er Anstalten, sich in das Wasser zu stürzen, wandte sich jedoch im letzten Moment immer wieder um. Die energiegeladenen Bewegungen des Tieres und der jähe Wechsel vom plump wirkenden Trott zur blitzschnellen Angriffsgebärde waren beeindruckend, zugleich beängstigend. Der Indianer wendete sein Boot und blickte den Ankömmlingen entgegen.

»Hallo!« begrüßte ihn David. »Unerwünschter Bärenbesuch?« Auch Steve grüßte hinüber und richtete das Kanu gegen die Strömung. Der Indianer erwiderte den Gruß mit unbewegter Miene. »Ein Weibchen«, sagte er und faßte die beiden Weißen scharf ins Auge, »vielleicht hat es Junge in der Nähe.« Er trug ein kariertes Baumwollhemd und Jeans. Sein Haar war grau, das von Sonne und Kälte gegerbte Gesicht voller Falten. Obwohl er schon in den Sechzigern sein mußte, wirkte seine hagere, sehnige Gestalt immer noch kräftig.

Inzwischen war der Grizzly mühelos die Uferböschung hinaufgesprungen. Sie sahen ihn unruhig zwischen den Büschen herumlaufen und zu ihnen herüberäugen.

»Er muß aus den Pellies kommen«, sagte der Indianer, »ich habe ihn noch nie gesehen.« Mit einer Handbewegung forderte er die beiden Männer auf, beizulegen und fragte: »Mag mir einer von euch sein Gewehr leihen?«

David reichte ihm seine Flinte mit den Worten: »Zuerst sind drei Schrotpatronen geladen, dann kommen Slags.« Der Alte entsicherte die Waffe. »Ich will ihn nur erschrecken«, erklärte er und schoß eine Schrotladung in das Gebüsch direkt oberhalb des Bären. Krachend brach sich der Schuß an den Hängen, es prasselte und regnete Blätter. Und fast noch im Knall war das gewaltige Tier mit einem Satz im Wald verschwunden. Sie hörten es mit der Geschwindigkeit eines galoppierenden Pferdes durch das Unterholz brechen und den Hang hinaufstürmen. Oben tauchte es wie ein dunkler Schatten noch mehrere Male kurz zwischen den Bäumen auf, dann geriet es außer Sicht.

»Sie kommen jetzt gern an den Fluß, um zu fischen«, sagte der Indianer und gab das Gewehr zurück. Ohne sich weiter um die Weißen zu kümmern, begann er sein Netz einzuholen, in dem sich mehrere große Lachse gefangen hatten. Er löste die Fische aus den Maschen, tötete sie mit einem Schlag auf den Kopf und warf sie ins Boot. Einige mochten gut und gern 30 Pfund wiegen.

Die beiden paddelten ans Ufer und sahen zu. »Zur Abwechslung einmal Lachs, das wäre nicht schlecht«, meinte David, dem das Wasser im Mund zusammenlief. »Ich habe lange keinen mehr gegessen. Was hältst du davon, wenn wir etwas von unserem Fleisch gegen ein oder zwei Lachse eintauschen?«

»Mir ist es recht, wir haben genug davon.«

»Eigentlich könnten wir gleich hier lagern«, schlug David vor und schaute sich nach einem geeigneten Platz um.

Steve wiegte besorgt seinen Kopf. »Mit einem aufgeschreckten Bären im Rücken? Das wäre mir zu ungemütlich. Laß uns lieber noch etwas weiterfahren und für die Nacht eine Insel suchen. So ein Grizzly hat ein riesiges Revier, das er mit Leichtigkeit an einem Tag durchstreifen kann.«

Der Indianer hatte sein Netz wieder ausgelegt und hielt auf sie zu. Trotz seines Alters sprang er leichtfüßig an Land, einen Lachs in der Hand, den er David gab. »Sie sind schwer zu angeln«, bemerkte er eher beiläufig. »Ich heiße übrigens James.«

David und Steve stellten sich ebenfalls vor. »Wir wollen nach Carmacks«, sagte Steve, während David zu seinem Kanu ging, um Fleisch auszupacken.

»Ich weiß«, erwiderte der Indianer, »ihr habt einige Tage weiter oben gezeltet.«

»Hat sich das etwa schon herumgesprochen?«

»Die RCMP hat es mir erzählt. Auch, daß sie einen Trapper namens Fraser suchen. Gestern bin ich aus Carmacks zurückgekommen, wo ich einkaufen war.«

David kam mit einigen Kilo Fleisch, das er dem Alten überreichte, der es beifällig betrachtete.

»Hast du gehört?« fragte Steve, »der Mokassin-Telegraph hat uns bereits gemeldet.«

»Ja«, grinste David, »es ist erstaunlich.« Und zu dem Indianer gewendet, fuhr er fort: »Wir haben neulich einen Schwarzbären geschossen und ziemlich viel von dem Fleisch geräuchert. Leider sind uns die übrigen Lebensmittel ausgegangen, vor allem der Kaffee. Sonst hätten wir etwas kochen können und...«

»Kommt mit zu meinem Haus«, unterbrach ihn der Indianer und ging auf sein Boot zu. »Meine Frau kann euch aushelfen.« Er nahm die Kanus in Schlepp, die beiden Weißen stiegen zu ihm. Dann ging es in schneller Fahrt flußaufwärts. David betrachtete aufmerksam die Ufer. »Hast du vorhin etwas von einer menschlichen Behausung bemerkt?« fragte er, gegen den Lärm anbrüllend. Steve schüttelte den Kopf.

Das Motorengeräusch war so laut, daß sie sich nicht unterhalten konnten. Nach einer Weile steuerte der Indianer auf das linke Ufer zu und bog in einen kleinen Wasserlauf ein, den er 100 Meter hinauffuhr, vorbei an einigen Sandbänken und umgestürzten Bäumen. Da sahen sie oberhalb des Ufers ein von hohen Fichten umgebenes Blockhaus, aus dessen Schornstein Rauch aufstieg. Die Balken waren verwittert, auf dem Dach wuchs Gras. Mehrere Hunde schlugen an und kamen die Böschung herabgelaufen; in der Tür erschien eine weißhaarige Indianerin, die Hände voller Teig. Der Alte wies die Hunde mit einem strengen Befehl zurück. Er nahm das Räucherfleisch und stieg, gefolgt von den Besuchern, zum Haus hinauf.

»Sue, meine Frau«, stellte er vor; »das sind David und Steve. Sie haben mir geholfen, einen Grizzly vom Netz zu vertreiben.«

Sue nickte ihnen freundlich zu. »Kommt ins Haus, ich backe gerade Kuchen. James hat gestern aus Carmacks Äpfel mitgebracht.« Sie ging vor in den dämmrigen Raum, wo auf dem Tisch eine Schüssel mit Kuchenteig stand. »Nehmt doch Platz«, lud sie die beiden ein. Es war heiß, denn im Ofen brannte Feuer. Die Einrichtung bestand aus drei Stühlen, einer Bank, Anrichte mit Waschbecken und einem Schrank. Neben dem Ofen war in einer großen Kiste Feuerholz aufgeschichtet, an den Wänden befanden sich Regale mit allerlei Vorräten und Gegenständen des täglichen Gebrauchs. Hinter der Tür hingen eine Winchesterbüchse und ein Kleinkalibergewehr. Ein weiterer Raum, der durch einen Vorhang abgetrennt werden konnte, schloß sich an; darin standen zwei Betten.

Sue fettete ein Kuchenblech ein, verteilte den Teig darauf und begann mit einer unglaublichen Fingerfertigkeit Äpfel zu schälen. »James kommt gleich«, sagte sie, »er bringt nur noch die Fische in den Rauch.« Sie legte Apfelscheiben auf den Kuchenteig, schob das Blech in die Backröhre und stellte Kaffeewasser sowie einen Topf mit Kartoffeln auf. Aus dem Garten neben dem Haus holte sie mehrere Köpfe Salat. Dann mischte sie in einer Schüssel Salz mit etwas braunem Zucker. »Das ist zum Räuchern«, erklärte sie. »Manchmal nehmen wir auch Ahornsirup.«

»Vielleicht kann ich James helfen«, sagte Steve. Er nahm die Schüssel und ging hinunter zum Bach. Sofort strichen die Hunde um ihn herum, drei wolfsartige kräftige Huskies und zwei tolpatschige Welpen. James war dabei, auf einem am Ufer stehenden Tisch die gefangenen Lachse auszunehmen und zu filieren. »Ich hatte schon bis zu zehn Hunde«, sagte er. »Im Winter ziehen sie meinen Schlitten. Aber sie brauchen viel Futter, deswegen habe ich im vergangenen Jahr einige verkauft.« Er zeigte auf einen prächtigen hellgrauen Rüden: »Das ist mein Führer, den habe ich jetzt seit acht Jahren.« In der Nähe trockneten auf einem großen Holzgestell zahlreiche Lachse als Hundefutter für den Winter.

James schliff sein Messer nach. Er trennte einem der Fische den Kopf ab, schnitt ihn auf und warf die Abfälle in einen Topf. »Das ist für die Hunde. Wir kochen es, sonst können sie Würmer bekommen.« Mit wenigen weiteren Schnitten löste er die beiden Filets ab, so daß lediglich die Mittelgräte übrig blieb. Ohne viel Worte nahm sich auch Steve einen Fisch vor.

Nach einer Viertelstunde waren sie fertig. Ein Filet brachte James zum Haus, die übrigen rieben sie mit der Mischung aus Salz und braunem Zucker ein und trugen sie zum Räucherhaus hinüber, das abseits im Wald errichtet war: ein Kasten auf Pfählen, in den durch ein drei Meter langes Ofenrohr Rauch geleitet wurde. Es qualmte bereits.

Der Ofen bestand aus einer alten Benzintonne, in die eine Klappe eingesetzt war.

»Wir räuchern schon seit gestern«, sagte James. »Sobald die Lachse ziehen, muß man die Zeit nutzen. Einen Teil davon verkaufen wir nach Carmacks.« Er öffnete die Tür, legte die Filets hinein und nahm ein bereits angeräuchertes Stück heraus, von dem er probierte. »Es geht«, brummte er und nahm das Stück mit. »Wenn der Lachs gut werden soll, braucht er wenigstens zweieinhalb Tage bei möglichst kaltem Rauch; deswegen das lange Ofenrohr.«

An das Blockhaus lehnte sich hinten ein Schuppen an, neben dem Feuerholz gestapelt war. In einem Gatter scharrten mehrere Hühner. Daneben stand das Vorratshaus auf vier Meter hohen Pfählen. Die Huskywelpen spielten mit einer großen getigerten Katze, die ihnen Backpfeifen verpaßte und sich schließlich auf das Schuppendach flüchtete.

Inzwischen war der Kaffee fertig. Sie aßen jeder ein Stück Räucherlachs dazu. Dann gab es Kartoffeln, Salat und gebratenes Filet, anschließend Pudding. »Herrlich«, schwärmte David, der tüchtig zugelangt hatte, »ihr lebt wie im Paradies.«

»Du könntest den restlichen Pudding aufessen«, forderte ihn Sue auf, und David ließ sich nicht lange bitten.

»Im Sommer ist es hier schön«, bestätigte James. »Manchmal kommen die Kinder oder Freunde vom Yukon zu Besuch. Aber im Winter fühlen wir uns sehr einsam, vor allem Sue. Denn von Oktober bis in den Januar bin ich fast täglich unterwegs, um meine Fallen zu kontrollieren. Ich habe eine Strecke am Fluß entlang und eine auf die Berge zu.«

»Lohnt es sich?« fragte David.

»Ich kann nicht klagen, die Pelze werden in letzter Zeit wieder besser bezahlt. Es gibt hier Luchs, Wolf, Vielfraß, Fuchs, Marder, Nerz, Biber, Otter, Bisamratte. Man kann davon leben, wenn man im Sommer Fische fängt und auf Jagd geht.«

»Und wenn man keine großen Ansprüche stellt«, fügte Sue hinzu.

David blickte Steve vielsagend an. »Es geht also doch!« stellte er triumphierend fest.

Steve zuckte mit den Achseln. »Sicher. Du kannst es ja mal versuchen. Entsprechend deinem Grundsatz, daß einem so gut wie nichts unmöglich ist, wenn man nur will. Es hält dich niemand davon ab, dir die erforderlichen Lizenzen zu besorgen und – falls du sie bekommst – in die Wildnis zu ziehen.«

»Man muß sich darauf verstehen«, sagte Sue. »Das Leben hier draußen ist hart. Wer ganz allein ist, kann im Winter leicht einen Hüttenkoller bekommen. Wir haben sieben Monate Schnee, und die Sonne bleibt wochenlang hinter dem Horizont. Vor zwei Jahren hat sich in den Pelly Mountains ein Trapper das Leben genommen, weil er die Einsamkeit nicht mehr ertragen konnte. Und in den Ogilvie Mountains hat sich einer beim Holzhacken so schwer verletzt, daß er starb.«

»Es ist nicht ungefährlich«, bestätigte James. »Mancher Trapper hat sich schon in seiner eigenen Falle gefangen. Außerdem kann man Pech haben: Im vergangenen Winter war ich drei Wochen lang hinter einem Vielfraß her, der meine Fallen geplündert hat. Er lief die Strecke täglich ab und holte sich die gefangenen Tiere. Wenn ich kam, waren nur noch ein paar Fellreste übrig. Ein schlaues Tier, dieser

Vielfraß. Den gespannten Fallen ging er aus dem Wege, als kenne er sich damit aus, die Köder interessierten ihn überhaupt nicht. Ich mußte mich mehrmals bei 30 Grad Kälte auf die Lauer legen, bis ich ihn endlich kriegte.«

»Soll der Pelztierfang nicht eingeschränkt werden?« fragte Steve. »In Vancouver habe ich einen langen Zeitungsartikel darüber gelesen, der war ziemlich kritisch. Viele Leute, darunter auch Parlamentsabgeordnete, regen sich auf, daß die Tiere gequält werden.«

James winkte ab. »Mein Vater und auch mein Großvater und dessen Vater haben schon getrappt. Wie sollen wir sonst Geld verdienen? Das Trappen und Jagen ist bei uns Tradition, wir sind darauf angewiesen. Und wir achten die Tiere und Pflanzen, mit denen wir leben. Sie erhalten uns. Wer in der Natur lebt und die Augen offenhält, der weiß vieles, was den Menschen in der Zivilisation verlorengegangen ist. Wir sind alle ein Teil des Ganzen, und es ist keine Handlung ohne Wirkung. – Natürlich leiden die Tiere, die gefangen werden. Aber die Menschen leiden auch. Schaut euch an, wie die Indianer heutzutage in den Siedlungen dahinvegetieren. Die meisten sind arbeitslos, sie wissen nichts anzufangen und trinken den ganzen Tag Alkohol. Sie fristen ein armseliges Dasein in der Gesellschaft der Weißen.«

»Wir sehen das an unseren eigenen Kindern«, warf Sue ein. »Zwei Töchter und ein Sohn wohnen in Whitehorse, einer in Carmacks, einer in Dawson. Wir möchten nicht mit ihnen tauschen. Aber sie wollen hier nicht leben, weil es ihnen zu einsam ist.«

»Ich habe mehrere Jahre in einer Mine bei Faro gearbeitet«, erzählte James. »Damals gab es noch genügend Stellen. Zweimal hatte ich schwere Quetschungen, einmal das Bein gebrochen. Ich habe gut verdient, aber alles war auch sehr teuer, und das ganze Leben bestand nur noch aus Arbeit, sechs Tage die Woche. Ich mußte arbeiten wie ein Sklave. Wozu? Wir sind vor zwölf Jahren weggegangen.«

»Eine schwere Zeit«, seufzte Sue. »Es waren nur wenige Indianer dort, und die meisten haben getrunken. Die Kinder wurden uns weggenommen, sobald sie sechs Jahre alt waren; sie kamen in eine Missionsschule, wo sie wie Gefangene gehalten wurden. Sie mußten Englisch sprechen, englische Lieder lernen, englisch beten. Wer sich in seiner Stammessprache unterhielt, wurde bestraft. Es war furchtbar, denn wir lieben unsere Kinder, und die Kinder hängen an uns. Aber alle Familien wurden auseinandergerissen. – Jetzt haben wir uns vorgenommen hierzubleiben. Hier sind wir wenigstens unabhängig, keiner macht uns Vorschriften.«

James und David stopften sich eine Pfeife, Sue holte den Kuchen aus dem Backofen. Dann begann sie das Geschirr abzuwaschen, und Steve half ihr dabei. Anschließend wurden die Hunde gefüttert, die Hühner, die Katze. James ging den Räucherofen nachlegen, David holte Brennholz herein. Als alle wieder zusammen waren, sagte er: »Wir wollen uns jetzt verabschieden und einen Lagerplatz suchen.«

»Das kommt gar nicht in Frage«, widersprach Sue. »Ihr bleibt natürlich über Nacht! Erstens müssen wir noch den Kuchen probieren, und zweitens sieht es nach Regen aus.« Sie machte noch einmal Kaffee und schnitt gewaltige Stücke Apfelkuchen auf, der köstlich duftete.

James nickte bekräftigend. »Wir haben Platz genug, ihr könnt hier schlafen.« Sie setzten sich wieder an den Tisch, aßen und tranken. Der Himmel hatte sich tatsächlich bewölkt, Sue schien mit ihrer Voraussage recht zu bekommen.

»Wie steht es eigentlich mit der Jagd?« wollte David wissen.

»Sehr gut. Bisher haben wir jeden Herbst ohne Schwierigkeiten einen Elch oder ein Karibu schießen können, so daß wir Fleisch genug hatten.« James schwieg eine Weile, bevor er bekümmert hinzufügte: »Wer weiß, ob das so bleibt. In den letzten Jahren treffe ich im September und Oktober oft weiße Jäger hier in der Gegend, meistens reiche Leute aus den großen Städten im Süden oder aus den USA und Europa. Sie schießen Bären oder Elche oder Karibus, manche auch Bighornschafe oder Bergziegen. Dafür müssen sie an die Regierung und an den Outfitter, der sie ausrüstet und einfliegt, viele Dollars bezahlen. Außerdem brauchen sie einen Jagdbegleiter, den sie ebenfalls bezahlen müssen. Auf Bären sind sie ganz versessen.«

»Einige kommen auch mit Motorbooten den Fluß heraufgefahren«, warf Sue ein. »Sie kampieren hier in der Nähe und schießen wie verrückt in der Gegend herum.«

»Ich bin schon mehrmals gefragt worden, ob ich sie nicht führen kann«, erzählte James weiter. »Mir ist viel Geld dafür angeboten worden. Aber ich hasse diese Art der Jagd. Oft nehmen sie nur die Trophäen mit; das meiste Fleisch bleibt im Busch liegen, weil der Transport zu viel Aufwand kostet. Was ist das für eine Jagd? frage ich euch. Darüber sollten sich die Leute in den Städten aufregen, nicht über das Fallenstellen. Wenn wir jagen, tun wir es, um zu essen zu haben. Aus den Fellen machen wir Kleidung für den Winter, die Pelze verkaufen wir nur, um für das Geld wieder Lebensmittel, Benzin und Geräte einkaufen zu können. Ein

Trapper, der seine Sache versteht, wird niemals zu viele Pelztiere fangen, selbst wenn er dazu in der Lage wäre. Er will ja im nächsten Jahr erneut Fallen stellen. Außerdem reguliert sich der Tierbestand von allein, wenn man nicht Raubbau treibt. Fange ich zum Beispiel in einem Winter viele Füchse und Marder, gibt es im nächsten Jahr mehr Kaninchen und Fichtenhühner, so daß die übrigen Füchse und Marder mehr Nahrung haben und sich wieder stärker vermehren.«

»Leider geht es manchen Trappern heute auch nur noch ums Geld«, seufzte Sue. »Geld, überall geht es ums Geld. Als würden die Menschen damit glücklicher.«

Eine Spur

»Als ich neulich an Bernies Blockhaus vorbeifuhr«, berichtete James beim Frühstück, »kam Rauch aus dem Schornstein, und am Ufer lagen zwei fremde Kanus. In Carmacks hörte ich dann, daß Bernie in Whitehorse ist; deswegen hielt ich auf dem Rückweg an und schaute nach. Eine Fensterscheibe war eingeschlagen, und die Tür stand offen. Im Haus traf ich vier Touristen, zwei junge Männer und zwei junge Frauen. Sie sagten, sie hätten sich in einer Notlage befunden, weil ihnen die Lebensmittel ausgegangen waren und es drei Tage lang regnete.«

»Wer ist Bernie?« wollte David wissen.

»Unser nächster Nachbar. Sein Blockhaus steht ungefähr 25 Meilen flußabwärts am rechten Ufer. Ihr werdet es sehen, wenn ihr weiterfahrt.«

»Das gibt bestimmt Ärger, wenn er zurückkommt«, sagte Sue.

»Glaub' ich auch«, nickte James. Erklärend fügte er noch hinzu: »Er ist nämlich ziemlich eigen mit seinen Sachen, und er haßt die Touristen wie die Pest. Sein Haus ist schon zweimal aufgebrochen worden. Fast jedes Jahr kommt jemand vorbei, der keine Lebensmittel mehr hat oder friert. Die Leute meinen immer gleich, sie müßten sterben, wenn sie mal drei Tage hungern oder naßgeregnet sind. Dabei kann man von dort in zwei Tagen nach Carmacks paddeln, wenn man fleißig ist. Sie rüsten sich nicht gut genug aus, manche verlieren ihr Gepäck in den Stromschnellen.«

»Und was hast du gemacht?« fragte Steve.

»Ihnen gesagt, sie sollen 100 Dollar für die verbrauchten Lebensmittel und die Fensterscheibe dalassen.« Er schob den Teller beiseite, wischte sich mit dem Handrücken den Mund ab und ging hinunter ans Wasser. Auch David und Steve standen auf, um ihre Rucksäcke zu packen. Sue stellte einen Karton auf den Tisch, in dem sich ein Stück Räucherlachs, Eier und ein Marmeladenglas mit Kaffee befanden. »Hier ist noch etwas Proviant«, sagte sie, »vergeßt ihn nicht. Sonst müßt ihr womöglich bei Bernie anhalten, und der könnte im Augenblick etwas gereizt sein.«

David zog einen Geldschein aus seiner Brieftasche und wollte ihn auf den Tisch legen. Aber Sue rief entrüstet: »Das kommt gar nicht in Frage! Steck das Geld wieder ein, sonst beleidigst du uns.«

James kam herein. »Heute nacht ist eine Fichte über den Bach gestürzt«, teilte er mit, »ich komme mit dem Boot nicht vorbei.« Er holte eine Motorsäge, füllte aus dem am Ufer stehenden Faß Benzin auf und ging bachabwärts. David und Steve folgten ihm. Sie sahen, daß die Fahrrinne von einer riesigen Fichte versperrt wurde. »So etwas Dummes«, ärgerte sich James. »Ich wollte eigentlich mein Netz kontrollieren. Bis ich den Baum zersägt habe, vergehen Stunden.«

»Du könntest mit Steve im Kanu fahren«, schlug David vor. »In der Zwischenzeit räume ich alles beiseite.«

In diesem Moment hörten sie das Brummen eines Flugzeuges näherkommen, das offenbar dem Fluß folgte. Es mußte sehr niedrig fliegen, denn sie konnten es nicht über den Baumwipfeln sehen, als es kaum 100 Meter entfernt vorbeidonnerte. »Wahrscheinlich suchen sie immer noch diesen Trapper, der seinen Nachbarn umgebracht hat«, meinte James.

»Hoffentlich kriegen sie ihn bald«, brummte David vor sich hin, »man ist ja seines Lebens nicht mehr sicher.«

»Deswegen lassen wir zur Zeit die Hunde frei herumlaufen«, sagte James. »Sie liegen sonst an der Kette.«

»So meine ich es nicht«, entgegnete David. »Daß der Kerl jemanden überfällt, glaube ich nicht. Aber ich soll ihm ähnlich sehen und habe Angst, daß ich von einem seiner Jäger ganz aus Versehen umgelegt werde.« Er half noch mit, das Kanu an dem Hindernis vorbeizutragen; dann warf er die Motorsäge an und machte sich an die Arbeit, während die beiden anderen zum Fluß paddelten, dessen Wasser zahlreiche durch das Unwetter der letzten Nacht entwurzelte Bäume mit sich führte. »Jetzt haben wir ein Gewehr vergessen«, bemerkte James und hielt mit dem Paddeln inne. Doch sie waren schon eine Strecke gefahren, so daß es nicht lohnte, umzukehren.

Mit der Strömung hatten sie das Netz nach kurzer Zeit erreicht. Ein guter Fang wartete auf sie, und der Grizzly ließ sich diesmal nicht blicken. Bald lagen 18 Lachse im Boot, jeder wenigstens 15 Pfund schwer. Nachdem das Netz wieder ausgelegt war, ging es zurück, diesmal flußaufwärts. Obwohl sie die Kehrwasser am linken Ufer ausnutzten, kamen sie mit dem tiefliegenden Boot nur langsam vorwärts.

Da wurde die Aufmerksamkeit des Indianers auf einen Gegenstand unter den überhängenden Zweigen am nahen Ufer gelenkt. Als sie heranfuhren, sahen sie ein Floß aus

Baumstämmen dort liegen. »Merkwürdig«, wunderte sich der Indianer, »wer benutzt denn hier ein Floß?« Er stieg an Land, um sich Aufschluß zu verschaffen. Den Blick auf den Boden geheftet, schritt er das Ufer ab, doch ohne Erfolg. »Der Regen hat sämtliche Spuren ausgelöscht«, sagte er und kletterte die Böschung hinauf in den Wald. Nach zehn Minuten hörte Steve ihn rufen.

James hatte zwischen den Bäumen eine verlassene Feuerstelle gefunden, die er gerade untersuchte. »Hier hat ein einzelner Mann biwakiert«, behauptete er, »der wahrscheinlich sehr spät heute nacht Zuflucht vor dem Unwetter gesucht hat.«

»Woraus schließt du das?« wollte Steve wissen.

»Etwas weiter drüben wäre der Boden nicht so abschüssig gewesen, das ließ sich offenbar nicht überblicken. Er muß also in der Dämmerung, kurz vor dem Unwetter, an Land gegangen sein. Und aufgebrochen ist er frühestens vor zwei Stunden – da müssen wir auf dem Weg zum Netz unten vorbeigekommen sein. Hier, wo der Boden vollkommen trocken ist und die Fichtenzweige liegen, hatte er eine Plane als Schutzdach aufgespannt.«

»Wie kannst du so genau feststellen, wann er aufgebrochen ist?«

James deutete auf die Feuerstelle. »Die Erde unter der Asche ist noch warm. Außerdem kann man es an den Grashalmen und dem Moos sehen.« Er folgte einer kaum erkennbaren Fährte, die durch den Wald auf die nahen Berge zu führte. Unvermittelt hielt er jedoch wieder an. »Wirklich merkwürdig«, murmelte er, »ich werde daraus nicht klug.«

»Warum interessiert es dich so sehr?« fragte Steve. »Und was wundert dich daran?«

Der Alte überlegte einen Moment, bevor er antwortete: »Jemand kommt mitten in der Nacht hier an, kampiert einige Stunden am Ufer, läßt dann sein Floß zurück und geht zu Fuß weiter in die Big Salmon Range. Kannst du mir erklären, was das zu bedeuten hat?«

Steve schüttelte den Kopf.

»Ich will es dir sagen. Er muß ursprünglich beabsichtigt haben, den Fluß hinunterzufahren, und zwar nachts. Dann ist er vom Unwetter überrascht worden und hat sich heute morgen aus irgendeinem Grund entschlossen, zu Fuß über die Berge zu gehen. Womöglich spielte dabei sogar das Flugzeug eine Rolle, das wir vorhin gehört haben.«

»Du denkst an diesen Fraser, den sie suchen?«

»Ja, er könnte es gewesen sein. Wahrscheinlich wollte er weiter den Yukon hinunter nach Alaska; und er fuhr nachts, damit ihn niemand entdeckte. Mit dem Floß wäre er allerdings zu unbeweglich auf dem Fluß, denn er könnte das Ufer nicht schnell genug erreichen, wenn ein Flugzeug kommt.«

»Ein sehr vager Verdacht«, meinte Steve. »Wir haben keinerlei konkrete Anhaltspunkte dafür, daß er es tatsächlich war. Ebensogut könnte jemand wie ich oder David vorbeigekommen sein. Du weißt, wir waren ursprünglich auch allein unterwegs.«

»Du hast recht«, gab James zu. »Wir könnten ihm folgen, aber er hat gut zwei Stunden Vorsprungen, und wir sind nicht einmal bewaffnet. – Also laß uns lieber die Lachse zum Haus bringen.«

Am Ufer angekommen, hörten sie ein Geräusch im Wald, und Steve blieb stehen. Doch James zog ihn rasch zum Kanu. »Steigen wir lieber ein«, flüsterte er, »es könnte der Grizzly sein.« Sie griffen zu den Paddeln und blieben still sitzen, bereit sofort abzustoßen. Da sahen sie nur wenige Meter entfernt einen Elchbullen ans Ufer treten. Nachdem er sich umgeschaut hatte, ging er in das Wasser hinein, durchschwamm mit Leichtigkeit den Fluß und verschwand am anderen Ufer wieder im Wald. »Gutes Fleisch für den Winter«, bemerkte der Indianer. Dann fuhren sie weiter.

Unterwegs erzählte der Alte, wie man früher Lachse fing, indem man im Fluß Sperren aus Weidengeflecht errichtete. Er konnte sich noch gut an die Zeit erinnern, als man keine Motorboote hatte und die Flüsse und Seen mit selbstgebauten Rindenkanus befuhr. Elche wurden mit Pfeil und Bogen erlegt oder in tiefen, mit zugespitzten Holzpfählen versehenen Fallgruben gefangen. Das Tier wurde nahezu vollständig verwertet: Aus den Knochen stellte man Pfeilspitzen und Angelhaken her, die Sehnen wurden zum Nähen, das Gehirn zum Gerben, Zähne und Haare zur Verzierung verwendet; aus Hufen und zerstoßenen Knochen kochte man Leim, aus den Schaufeln schnitzte man Gerätschaften, aus den Mägen wurde eine sehr schmackhafte Suppe gekocht. Die Indianer lebten in Sippen über die ganze Region verstreut und trafen sich nur gelegentlich, um Feste zu feiern, gemeinsam zu fischen und zu jagen oder Versammlungen abzuhalten. Straßen gab es im Norden überhaupt nicht; es existierten »Trails«, unbefestigte Wege, und im Winter wurden die zugefrorenen Flüsse benutzt.

So kamen sie zurück zum Blockhaus. David hatte inzwischen die Fahrrinne freigelegt und war dabei, den zersägten Baumstamm zu Brennholz zu verarbeiten. »Besser, ihr bleibt noch bis morgen«, meinte Sue. »Das Mittagessen ist gleich fertig, es gibt Gemüsesuppe mit getrocknetem Karibufleisch, und für heute abend habe ich frisches Brot gebakken.«

Nachmittags begann David wieder Holz zu hacken, während Sue in der näheren Umgebung die Früchte des Waldes sammelte und hinterher im Garten arbeitete. James und Steve bereiteten die Lachse zum Räuchern vor und kontrollierten später noch einmal das Netz, diesmal mit dem Motorboot. Die Arbeit riß den ganzen Tag nicht ab. Aber sie wurde nicht als eine Belastung oder gar Plage empfunden. Jeder tat etwas, ohne dazu aufgefordert zu sein, ohne sich gezwungen zu fühlen.

Dann gab es erneut ein üppiges Mahl, »wie bei einer Bauernhochzeit«, sagte David. Der Wald lieferte Pilze und Blaubeeren, der Garten Kohlrabi, Radieschen, Möhren, Zwiebeln, Salat. Es gab gebackene Kartoffeln, Eier, frisches Brot, Rauchfleisch, marinierten Fisch. Und alle hatten schon wieder Hunger, so daß sich die Mahlzeit über eine Stunde hinzog.

Anschließend wurden Tisch und Stühle vor die Tür getragen, wo man in der Abendkühle zusammensaß und erzählte. Die Sonne war schon hinter den Bergen verschwunden, als David noch seinen Dudelsack auspackte. Er spielte zum Vergnügen seiner Zuhörer bis in die Nacht hinein, von Zeit zu Zeit begleitet von dem langgezogenen wolfsmäßigen Geheul der Hunde, die sich der Abendgesellschaft angeschlossen hatten.

Auf dem Fluß

Reich beschenkt hatten sie am späten Vormittag Abschied genommen. Der Fluß wand sich in zahlreichen Schleifen durch die Big Salmon Range, und die Fahrt verlief ungemütlich, zumal es nachmittags zu regnen anfing. Ständig mußten sie Hindernissen ausweichen, die oft erst im letzten Moment sichtbar wurden, da der Regen die Wasserfläche peitschte. Unter den Kunststoffponchos staute sich die Wärme, aber Hände, Arme und Füße wurden klamm, denn es war kalt geworden. Von den auch jetzt im Hochsommer noch schneebedeckten Gipfeln, die bis zu 2500 Metern anstiegen, wehte ein eisiger Wind herüber, der die Kanus seitlich erfaßte und zusätzliche Schwierigkeiten bereitete. Eine Unterhaltung war unter diesen Umständen nicht möglich.

So fuhren sie mehrere Stunden, bis sie vor sich eine weite Fläche mit Treibholz bemerkten: Baumstämme, zum Teil noch mit Ästen und Wurzeln, die den Fluß fast vollständig bedeckten. Nur auf der linken Seite war ein schmaler Wasserweg frei geblieben, in den die Strömung mit großer Geschwindigkeit hineindrängte. James hatte zwar behauptet, man könne den Fluß bis zu seiner Einmündung in den Yukon problemlos befahren, doch mit dem Motorboot sah das anders aus als mit dem Kanu. Wollten sie sich nicht unnötig in Gefahr bringen, mußten sie an Land gehen, um sich die Strecke anzuschauen. Vom Ufer aus erkannten sie, daß sich das Hindernis mehrere hundert Meter weit hinzog. »Ich glaube, wir müssen treideln«, sagte Steve, und David stimmte ihm zu. Sie schnitten eine lange Fichtenstange zurecht, nahmen vorsichtshalber ihre Gewehre über die Schulter und befestigten ein Seil am Heck eines der Kanus; das andere zogen sie an Land. Dann ließ David das erste Kanu am Seil in die Strömung gleiten, während Steve es mit der Stange vom Ufer fernhielt. Auf diese Weise schleusten sie beide Boote durch die Enge, die an manchen Stellen nur zwei bis drei Meter offenstand, vorbei an Felsbrocken und entwurzelten Baumriesen. Nach zwei Stunden hatten sie es endlich geschafft, aber beide waren völlig durchnäßt und erschöpft. Dennoch fuhren sie gleich weiter, denn sie waren noch nicht einmal an Bernies Trapperhütte vorbeigekommen, die sich nach James' Worten nicht übersehen ließ.

Schon nach einer halben Stunde kam das Blockhaus auf einem Hügel am rechten Ufer in Sicht, hoch über dem Wasser; aus dem Schornstein stieg Rauch auf. Der Fluß beschrieb hier einen Bogen und bildete eine kleine Bucht, in der ein Motorboot lag.

»Er ist zu Hause«, bemerkte David. »Was hältst du davon, wenn wir ihm berichten, was James neulich festgestellt hat?«

»Ich weiß nicht recht«, erwiderte Steve. »James sagte, er sei ein Eigenbrötler und auf Touristen nicht gut zu sprechen.«

»Ach was!« lachte David. »Sind wir etwa Touristen? Laß uns kurz anlegen und ihm Bescheid geben. Er wird uns sicherlich dankbar sein.«

Sie hielten auf das Ufer zu und hörten einen Hund anschlagen. Unmittelbar darauf öffnete sich die Tür des Blockhauses, ein untersetzter dunkelbärtiger Mann kam heraus und blieb am oberen Rand der Böschung stehen. David wollte ihm gerade einen Gruß zurufen, da brachte der Bärtige sein Gewehr in Anschlag und brüllte ihnen entgegen, daß es über den Fluß schallte: »Verdammtes Touristenpack! Macht, daß ihr weiterkommt, sonst schieße ich euch ein Loch ins Fell!«

Verblüfft starrte David hinauf und fand im ersten Moment keine Worte. »Gibt es das wirklich, oder träume ich?« stieß er schließlich hervor. »Am liebsten möchte ich hochgehen und diesem dämlichen Maulwurf Manieren beibringen.« Aber Steve hatte bereits sein Kanu gewendet. »Ein unangenehmer Zeitgenosse!« rief er über die Schulter zurück. »Ich habe es geahnt! Komm, laß uns weiterfahren.«

Die Strömung trug sie rasch wieder auf den Fluß hinaus. Sie blickten sich nicht mehr um und hörten nur noch, wie der Mann hinter ihnen den bellenden Hund mit einem barschen Befehl zur Ruhe brachte.

Schweigend paddelten sie eine Weile nebeneinander her. Die nasse Kleidung klebte am Körper, es war kalt und sie hatten Hunger. Steve wickelte etwas von dem geräucherten Lachs aus, schnitt zwei Stücke ab und reichte seinem Gefährten eines davon hinüber. Sie aßen, während die Kanus weitertrieben, nur von einem gelegentlichen Paddelschlag in der Richtung gehalten. Manchmal flogen Enten auf, oder sie drückten sich mit ihren Küken ans Ufer, bis die Menschen vorbei waren.

»Du wolltest doch Ende Juni in Whitehorse sein«, sagte David, »und heute haben wir schon den 4. Juli.«

»Ja«, seufzte Steve, »ich werde mich um mehr als eine Woche verspäten. Gut, daß ich mich nicht festgelegt habe.«

»Wenn wir uns etwas anstrengen und nachts durchfahren würden, könnten wir in zwei Tagen in Carmacks sein.«

»Ach nein«, erwiderte Steve, »warum sollen wir uns abhetzen. Auf ein paar Tage mehr oder weniger kommt es jetzt auch nicht mehr an. Wäre das Wetter besser, hätte ich richtig Lust, noch zwei oder drei Tage irgendwo zu bleiben. Mit Lebensmitteln sind wir ja wieder ausreichend versorgt.«

Sie bemerkten, daß sich der Fluß vor ihnen teilte; allem Anschein nach umfloß er eine langgestreckte Insel. Sie mußten sich rasch für einen der beiden Arme entscheiden. »Laß uns rechts bleiben«, meinte David, »beide Seiten scheinen gleich gut zu sein.« Doch nach zehn Minuten saßen sie fest, weil mehrere Baumstämme das enger gewordene Fahrwasser versperrten. Sie mußten portieren oder umkehren.

Inzwischen hatte es aufgehört zu regnen, und auf dem Fluß bildeten sich Nebelbänke. Es war sehr spät geworden. Kurzentschlossen gingen sie auf der Insel an Land, bauten ihre Zelte auf und wechselten erst einmal die Kleidung. Der verhangene Himmel verstärkte die nächtliche Dämmerung, der Nebel nahm noch zu. Während Steve die Proviantbeutel aus den Kanus holte, brachte David nach einigen vergeblichen Versuchen endlich ein Feuer zustande. Doch das Holz war naß und qualmte. Dennoch bedeutete es Wärme und Geborgenheit inmitten der Wildnis, die hinter dem Nebeldunst ein gespenstisches Leben zu führen schien. Die Geräusche aus der Natur klangen gedämpft und unheimlich: ein Knacken im Unterholz, das Plätschern des Flusses, der ferne Ruf eines Eistauchers wie das irre Lachen einer verlorenen Seele.

»Wenigstens hält der Qualm die Moskitos ab«, sagte David mit tränenden Augen. Er stellte Kaffeewasser und einen Topf Bärenfleisch mit Bohnen auf. Steve rammte neben dem Feuer Äste in die Erde, auf denen die nassen Kleidungsstücke zum Trocknen aufgehängt wurden. Sie brauchten sich nicht abzusprechen, jeder wußte, was er zu tun hatte. Dann sahen sie müde und hungrig in die Flammen, die mit der Zeit heller zu lodern begannen und die Feuchtigkeit vertrieben. Sie mußten warten, bis die Bohnen gar waren – eine harte Geduldsprobe.

»Das Dasein konzentriert sich wieder einmal auf Wärme und Essen«, brach David das Schweigen. Trotzdem gefällt es mir im Busch, und ich finde es bedauerlich, daß wir uns schon so bald trennen müssen. Meinetwegen könnte unsere Fahrt noch ein paar Monate weitergehen.«

»Ich kann den ›Maulwurf‹ verstehen«, sagte Steve wie aus einem langen Gedankengang heraus. »Er hat sich hier in der Wildnis vergraben, um seine Ruhe zu haben, und dann kommt alle naselang jemand vorbei, der etwas von ihm will und ihm die Zeit oder sogar seine Lebensmittel stiehlt.«

»Na ja«, antwortete David verdrossen, »deswegen brauchte er uns nicht gleich zu beschimpfen und noch dazu mit dem Gewehr zu bedrohen. Wenn ich nur daran denke, ärgere ich mich schon wieder.«

»Ich weiß nicht, wie du reagieren würdest«, sagte Steve, »wenn jemand in deine Wohnung einbräche und sich herausholte, was er gerade benötigt.«

»Da hast du auch wieder recht«, brummte David. »Am besten, wir vergessen den Vorfall, zumal wir diesem Bernie sowieso nie wieder begegnen werden.«

Sie aßen, bis sie gesättigt waren, und tranken anschließend Kaffee.

»Was machen eigentlich deine Nieren und der Knöchel?«
fragte Steve. »Ist alles wieder in Ordnung?«

»Die Nieren spüre ich nicht mehr«, antwortete David.
»Aber mein Knöchel schmerzt noch etwas, wenn ich ihn
sehr beanspruche.« Er starrte in das Feuer, schlürfte den
heißen Kaffee und fügte nach einer längeren Pause noch
hinzu: »Die Krankheit hatte auch ihr Gutes. Ich habe zum
erstenmal in meinem Leben begriffen, wie anfällig und ver-
gänglich mein Körper ist. Bisher lebte ich in dem Bewußtsein – oder nennen wir es lieber einen Wahn –, mich könne
überhaupt nichts umwerfen, mein Körper sei unverwüst-
lich. Ich bin vorher noch nie ernsthaft krank gewesen, mußt
du wissen, deswegen diese Überheblichkeit, die mich fast
das Leben gekostet hätte. Ich dachte, Gesundheit sei etwas
Ewiges, etwas Selbstverständliches, nur manchmal ein wenig beeinträchtigt von Müdigkeit, Kopfschmerzen, Depres-
sionen oder einer Grippe. Aber dann kamen diese unerträglichen Schmerzen, ich lag plötzlich flach und konnte mich
kaum noch bewegen; ein hilfloser Zellenkloß kurz vor der
Auflösung. Diese Einsicht ist schrecklich und zugleich heil-
sam. Sie läßt mir die Gegenwart unendlich wertvoller erscheinen als die Vergangenheit oder die Zukunft.«

»Gegenwart?« fragte Steve. »Was ist das? Eine schmale
Grenze zwischen Vergangenheit und Zukunft. Was ich eben
gesagt habe, ist schon wieder Vergangenheit, und was ich
gleich sagen werde, ist jetzt noch Zukunft.«

»Ich meine zum Beispiel unseren Aufenthalt in der Wildnis, unsere Kanufahrt.«

»Das meiste ist schon wieder Vergangenheit, ein kurzer
Augenblick gehört der Gegenwart und ein bißchen reicht
noch in die Zukunft hinein«, erwiderte Steve. »Ich glaube,

es kommt darauf an, die Vergangenheit zu analysieren und daraus Schlüsse für die Zukunft zu ziehen, nach denen sich handeln läßt. Das halte ich für typisch menschlich, dadurch unterscheiden wir uns von allem, was uns umgibt. Und für mich kann sich nur daraus ein Sinn ergeben, auch so etwas wie Wohlbefinden.« Er stand auf, schaffte noch etwas Ordnung auf dem Lagerplatz und ging zu seinem Zelt hinüber.

»Und unser heutiges Gespräch!« rief ihm David hinterher.

»Vergangenheit!« rief er zurück und kroch in seinen Schlafsack.

»Das ist mir zu kompliziert«, brummte David vor sich hin. »Mir reicht es, daß ich mich wohl fühle.« Er blieb noch ein wenig am Feuer sitzen und schaute den züngelnden Flammen zu.

Touristen

Der Nebel löste sich allmählich auf, während David und Steve noch ihre Kanus und das Gepäck quer über die Insel zur anderen Seite des Flusses trugen. Hier hatten sie wieder freie Fahrt. Die Berge traten zurück, und vor ihnen lag in der Vormittagssonne ein weites bewaldetes Tal, das sich in nordwestlicher Richtung bis zu einer blauen Gebirgssilhouette erstreckte. Gegen Mittag passierten sie die stromaufwärts gerichtete Einmündung eines von Süden kommenden wasserreichen Flusses; der Karte nach war es der South Big Salmon River. Er bildete einen gefährlichen Strudel, dem es entlang des rechten Ufers auszuweichen galt. Sie ließen sich von der Strömung weitertreiben, schnitten von einer geräucherten Lachshälfte dicke, köstlich duftende Scheiben herunter und aßen dazu den Rest des mitgenommenen Brotes.

»Ich habe ständig Hunger«, stellte David mit vollem Munde fest. »Seit ich wieder im Busch bin, esse ich wie ein Schwerarbeiter.«

»Das geht mir ebenso«, bestätigte Steve. »Zu Hause komme ich den ganzen Vormittag mit einem Knäckebrot oder etwas Haferflocken mit Milch aus.«

»Milch!« schwärmte David und leckte sich die Finger ab, »oder Schlagsahne! In Carmacks esse ich erst mal eine halbe Sahnetorte.«

Riesige Fichten säumten die flachen Ufer, zuweilen auch Lärchen, Pappeln und Erlen. Im Schatten schnappten die Graylinge an der Wasseroberfläche nach Mücken, und hoch in der Luft kreiste ein Bussard, der die Kanus eine Weile begleitete. Zur Rechten blieb jetzt weit im Nordosten das Massiv der Big Salmon Range zurück, zur Linken lagen die weniger schroffen Erhebungen der Semenof Hills. Die Fahrt verlief zügig und zugleich beschaulich.

Da war plötzlich ein Vibrieren in der Luft, das rasch in ein helles Brummen überging. »Ein Flugzeug!« rief Steve, und wenig später sahen sie es das Tal heraufkommen. Es zog über den Kanus eine Schleife und überflog sie erneut in niedriger Höhe, wobei der Pilot mit den Flügeln wackelte.

David schwenkte sein Paddel. »Schon wieder unsere Freunde und Helfer, immer noch auf der Suche nach ihrem ›Mad Trapper‹! Ebensogut könnten sie eine Stecknadel im Heuhaufen suchen!«

»Vielleicht sollten wir ihnen von unserer Beobachtung berichten«, meinte Steve. »Wenn das Floß, das James und ich gefunden haben, tatsächlich Fraser gehörte, hätte die RCMP endlich eine Spur.«

»Du kannst ja eine Flaschenpost abschicken«, lachte David. Dennoch schien er zu überlegen. »Wir sollten uns lieber aus der Angelegenheit heraushalten«, sagte er nach einer Weile, »sie geht uns nichts an. – Was meinst du?«

»Wahrscheinlich hast du recht«, erwiderte Steve. »Sich mit der Polizei einzulassen, bringt meistens Unannehmlichkeiten. Es gibt eine alte Volksweisheit: Spitzbuben und Polizisten soll man meiden.«

Nachmittags erreichten sie einen weiteren Zufluß, der von rechts aus der Big Salmon Range kam. Als sie eine halbe

Stunde später am linken Ufer zwischen lichtem Wald eine blumenübersäte Grasfläche entdeckten, rief Steve begeistert: »Schau dir diese herrliche Landschaft an! Am liebsten würde ich heute hierbleiben!«

»Dem steht nichts im Wege«, stimmte David zu. »Wir könnten uns ein wenig ausruhen und später zum Abendessen Pilze sammeln. Außerdem müßte ich mal wieder waschen: nämlich ein paar Kleidungsstücke und mich selbst. Das gleiche würde ich übrigens auch dir empfehlen, du solltest dich einmal sehen.« Wie recht er hatte, fiel Steve erst jetzt auf. Ihre Hosen und Hemden waren schlammbespritzt und voller Flecken. In zivilisierter Umgebung hätte man sie in diesem Aufzug sicherlich für Landstreicher gehalten. Sie legten an, zogen ihre Kanus auf den Sand und bauten die Zelte auf.

Kurz darauf standen sie schon am Ufer, um ihre Kleidung zu waschen. Anschließend wurde gebadet; aber das Wasser war scheußlich kalt, so daß sie schnell wieder an Land wateten. Auf einmal schallten Stimmen über den Fluß. Zwei Kanus kamen mit der Strömung herab, und ihre Insassen schienen soeben die beiden Zelte entdeckt zu haben, denn es gab ein großes Palaver. Langsam näherten sich die Kanus, jeweils besetzt mit zwei Personen. Daß es sich um zwei Männer und zwei Frauen handelte, war jedoch zunächst nur an den Stimmen zu erkennen. Denn alle trugen bunte Plastikschirmmützen und einheitliche Freizeitbekleidung. Sie mochten etwa 20 Jahre alt sein.

»Touristen«, brummte David und zog sich an. Steve sammelte ein paar Steine für den Feuerplatz.

Nachdem die vier mit großem Hallo an Land gestiegen waren und sich vorgestellt hatten, wurde ein Lagerfeuer angezündet, Wasser aufgestellt und erzählt. Steve hatte das Kaffeekochen übernommen, David drehte sich nach langer Zeit wieder eine Zigarette. Er ließ Tabak und Blättchen herumgehen, die anderen bedienten sich. Sie waren schon seit zwei Wochen auf dem Fluß unterwegs: Andrew, Sophie, Peter und Glenda, alle aus Edmonton. Ihr Auto stand am Quiet Lake, und sie wollten nach Carmacks, von wo aus die Frauen zurücktrampen sollten, um das Auto zu holen. »Sie finden leichter eine Mitfahrgelegenheit«, grinste Peter.

»Leider ist der Urlaub der Mädchen bald zu Ende«, sagte Andrew, der den Wortführer spielte. »Peter und ich hätten noch Zeit genug, weil unser nächstes Semester erst im Herbst beginnt. Wir studieren beide Betriebswirtschaft an der Universität in Edmonton.« Er sah die Gewehre und fragte, ob er mal damit schießen dürfe. Sowohl David als auch Steve erwiderten, sie hätten kaum noch Munition. »Schade«, bedauerte Peter, »sonst könnten wir ein Wettschießen veranstalten.« Er stand auf, um sich die Waffen anzusehen. »Vorsicht!« rief ihm David zu. »Sie sind geladen.« Peter kam mit Steves Büchsflinte zurück. »Ein tolles Gewehr«, stellte er bewundernd fest. »Es hat einen Schrot- und einen Kugellauf.« Andrew nahm es ihm aus der Hand, um es ebenfalls zu betrachten. »Ein Hasenbraten wäre nicht schlecht«, meldete sich Glenda zu Wort, »der Fisch hängt mir bald zum Hals heraus.«

Woher sie denn von der Route auf dem Big Salmon River wußten, fragte David. Davon hätten sie durch Zufall im Restaurant in Johnsons Crossing erfahren, berichtete Andrew, der die Büchsflinte neben sich ins Gras legte. Ursprünglich sei geplant gewesen, von Whitehorse aus den Yukon hinunterzufahren, und dafür hätten sie sich auch von einem Reisebüro Informationsmaterial besorgt. Aber die Fahrt auf dem Big Salmon sei ihnen dann doch abenteuerlicher erschienen. Sie hätten alle vier einmal richtig in die Wildnis gewollt.

»Abenteuerurlaub«, warf Peter ein, »so leben wie früher die Trapper oder Voyageurs, die den Norden erschlossen haben.«

»Im vergangenen Winter sahen wir einen Film«, erklärte Glenda, »der spielte im Yukon-Territorium und hat uns unheimlich gefallen. Da haben wir uns entschlossen, eine Kanufahrt zu unternehmen.« Sie machte eine ausholende Handbewegung. »Ist die Landschaft nicht wunderschön?«

»Wunderschön«, bestätigte David trocken.

»Allerdings gab es einige Schwierigkeiten«, bemerkte Sophie. »Unsere Zelte haben dummerweise keinen Boden, und sie sind nicht ganz wasserdicht, so daß uns das Regenwetter zu schaffen machte. Ein weiteres Problem ist das Kochen, weil sich keiner von uns so richtig darauf versteht. Und bei Regen bekamen wir kein Feuer zustande, wir sind einmal beinahe erfroren.«

»Außerdem hatten wir zu wenig Proviant mitgenommen«, ergänzte Glenda. »Wer konnte auch wissen, daß wir soviel essen würden.«

Andrew schien dieses Thema nicht zu behagen, denn er begann unvermittelt von gewaltigen Hechten und Dolly Varden zu erzählen, die sie gefangen hatten. David und Steve hörten eine Zeitlang zu, rauchten noch eine Zigarette und tranken Kaffee. Dann erhob sich Steve, nahm sein Gewehr und murmelte, er müsse sich etwas Bewegung verschaffen. Ob er auf Jagd gehen wolle, fragten Andrew und Peter, die sich offenbar anzuschließen beabsichtigten. Doch

Steve verabschiedete sich mit den Worten: »Wenn ich zurückkomme, werdet ihr sicherlich schon weitergefahren sein – also auf Wiedersehen und gute Fahrt.« Er grüßte kurz und schritt dem Wald zu, ohne sich umzublicken. Im Schatten der Bäume atmete er auf. Merkwürdige Leute, dachte er. Man hat sich nichts zu sagen, plappert belanglose Sätze vor sich hin. Die vier gingen ihm auf die Nerven, ohne daß er sich im klaren darüber war, woran das im einzelnen lag.

Der Boden stieg leicht an und war mit dicken federnden Moospolstern bedeckt, die das Vorwärtskommen erschwerten. Pfade gab es nicht. Umgefallene Fichten versperrten den Weg, Gestrüpp, Dickicht und sumpfige Tümpel, an denen sich hier und da Elchfährten fanden. Auf kleinen Lichtungen wuchsen kniehohe Blaubeerbüsche voll von Früchten. Er entdeckte sogar einige Sträucher mit wilden Johannisbeeren, die gerade reif wurden. Er pflückte ein paar Handvoll in den Mund und stapfte weiter durch das Unterholz, bis er auf einen Wildwechsel stieß, dem er folgte. Zwischen den Bäumen kam ein von Dornenranken überwucherter Hügel mit sandigen Abbruchstellen in Sicht. Hier war das Moos von schmalen Kaninchenpfaden durchzogen. Vor sich nahm er eine Bewegung wahr und bemerkte zwei der Tiere, die blitzschnell im Gestrüpp verschwanden, noch ehe er das Gewehr von der Schulter genommen hatte. Fast eine halbe Stunde wartete er vergeblich, eingehüllt in eine Wolke von Mücken. Sie wurden so lästig, daß er sich mit Insektenschutzmittel einreiben mußte. Obwohl er sich still verhielt, sah er nur einige Singvögel und ein Eichhörnchen, das keckernd von Baum zu Baum hüpfte. Vorsichtig, sich an der Sonne orientierend, schlich er mit schußbereitem Gewehr weiter. Auf dem Rückweg fand er in der Nähe eines

Sumpfes so viele Birkenpilze, daß er im Nu einen Plastik-beutel gefüllt hatte.

Als Steve zum Lager zurückkehrte, staunte er. Am Ufer waren zwei weitere Zelte aufgebaut worden. Glenda und Sophie hatten sich am Feuerplatz häuslich eingerichtet, die beiden Männer standen in einiger Entfernung mit ihren Angeln am Fluß und David hackte Holz. Ein idyllisches Bild, fand Steve, und er spürte zugleich Ärger in sich aufstei-gen. Diese Leute behagten ihm immer weniger, er mochte sich nicht mit ihnen abgeben, sie waren ihm zu aufdring-lich, zu kindisch. Auf seine Frage, warum die Gesellschaft nicht weitergezogen sei, zuckte David mit den Schultern. »Sie wollten noch bis morgen bleiben«, antwortete er. »Was sollte ich tun? Schließlich konnte ich sie nicht fortjagen.«

Steve setzte sich ans Ufer, um die Pilze zu säubern und kleinzuschneiden. Nach einer Weile gesellte sich Sophie zu ihm. Die Plastikschirmmütze hatte sie abgelegt und sich umgezogen; sie trug jetzt enganliegende Jeans zu einem T-Shirt mit der Aufschrift: »University of Edmonton«. Ohne viele Worte zog sie ihr Messer und begann ihm zu helfen. Sie war sehr geschickt, fiel ihm auf. Und er bemerkte erst jetzt, daß sie attraktiv war. Unauffällig beobachtete er die flinken Bewegungen ihrer Hände, ihr ebenmäßiges Gesicht unter dem hellblonden Haar, das sie mittellang trug. Auf dem von der Sonne geröteten Nasenrücken und auf den Wangen be-fanden sich ein paar Sommersprossen, die langen Wimpern waren gesenkt.

Er wurde in seinen Betrachtungen unterbrochen, denn Sophie fragte, was er nach seiner Ankunft in Carmacks vorhabe. Das wisse er noch nicht genau, gab er ausweichend zur Antwort. Vielleicht werde er sein Kanu verkaufen und nach Whitehorse trampen, vielleicht aber auch zusammen mit David den Yukon hinunter nach Dawson City fahren.

»Falls du nach Whitehorse gehst, hätten wir denselben Weg«, meinte sie und fuhr nach einer längeren Pause fort: »Ich beabsichtige übrigens, mich von der Gruppe zu trennen. Von Whitehorse aus will ich mit dem Greyhound-Bus nach Edmonton zurückfahren.« Er blickte sie erstaunt an. Sie errötete etwas und fügte erklärend hinzu: »Es gab unterwegs große Spannungen, besonders zwischen mir und Andrew. Ich kenne ihn erst seit einem halben Jahr, und wir hatten uns vor dieser Reise immer nur für einige Stunden an den Abenden und Wochenenden getroffen. Richtig kennengelernt habe ich ihn eigentlich erst jetzt, in den vergangenen drei Wochen.«

Steve nickte. »Während so einer Fahrt ist einer auf den anderen angewiesen, das kann sehr aufschlußreich sein. Es bleibt so gut wie nichts verborgen. Und der wahre Charakter eines Menschen zeigt sich vor allem in Notsituationen.« Er stand auf, um einen Kochtopf zu holen. Aber Sophie rief: »Nimm unseren, der ist größer!« Gut, dachte er, warum sollen wir nicht zusammen essen, es ist genug da. Zuerst mußte er jedoch den unglaublich verschmutzten Topf mit etwas Sand und Wasser gründlich reinigen. Dann holte er einige Stücke geräuchertes Bärenfleisch, das er in schmale Streifen zu schneiden begann. Es war in den letzten Tagen hart geworden und trocken wie Leder.

»Ich sitze sonst immer im Büro«, begann Sophie von neuem. »Insofern war diese Fahrt – trotz allem – für mich ein unvergeßliches Erlebnis. Das Auto haben wir von Andrews Vater bekommen; er ist ein bekannter Architekt und hat Geld wie Heu. Und die Kanus haben uns Peters Eltern zur Verfügung gestellt. Glenda und ich brauchten lediglich die Hälfte für das Benzin, die Lebensmittel und ein paar Ausrüstungsgegenstände zu bezahlen – das war eine einmalige Gelegenheit. Natürlich habe ich auch vorher schon gezeltet, aber noch nie in der Wildnis.«

»Ist das nicht gefährlich, wenn sich niemand richtig auskennt?« fragte Steve.

»Sicher«, erwiderte sie, »wenn ich es mir nachträglich überlege, sind wir ein großes Risiko eingegangen und haben zwei- oder dreimal mehr Glück als Verstand gehabt. Allerdings waren Andrew und Peter vor einem Jahr mehrere Tage mit dem Kanu auf dem Saskatchewan in der Nähe von Edmonton unterwegs. Sie sind also nicht ganz unerfahren.«

»Die Gegend dort ist viel dichter besiedelt«, sagte Steve. »Man bekommt leichter Hilfe, wenn etwas schiefgeht.« Er ging zum Lagerfeuer, legte Holz nach und briet das Fleisch in der Bratpfanne an. Sophie brachte den Topf mit Pilzen.

»Das riecht gut!« meldete sich Glenda, die vor dem Zelt saß und eine Hose flickte. »Was kocht ihr denn?«

»Bärenfleisch mit Pilzen«, antwortete Steve.

»Bärenfleisch!« schrie Glenda entsetzt.

»Was ist denn los?« fragte Andrew, der gefolgt von Peter herankam.

»Stellt euch vor: Sie kochen Bärenfleisch!« rief Glenda und schüttelte sich.

»Wollte ich schon immer mal probieren«, freute sich Peter. Er zeigte ihr einen Grayling, den er gefangen hatte: »Wenn du willst, kannst du dir den Fisch braten.«

»Fisch, jeden Tag Fisch«, seufzte sie. »Na ja, ehe ich verhungere...«

»Nimm ein paar Pilze dazu«, schlug Sophie vor. Aber Glenda lehnte ab: »Womöglich sind sie giftig.«

»Ich gebe die Hoffnung nicht auf, daß ihr doch noch eine Gräte im Hals steckenbleibt«, knurrte Andrew und setzte sich.

»Wärst du nur in den Stromschnellen ertrunken«, fauchte ihn Glenda an. Nachdem Peter den Grayling ausgenommen und geschuppt hatte, briet sie ihn sich, während die anderen mit großem Behagen das Pilzgericht aßen.

Nach der Mahlzeit holte Sophie eine Flasche Whisky aus dem Zelt und schenkte allen einen Becher voll ein. »In zwei Tagen sind wir wieder in der Zivilisation!« rief Andrew. »Trinken wir auf einen glücklichen Ausgang unserer abenteuerlichen Flußfahrt!«

»Was war denn so abenteuerlich daran?« fragte David und nahm einen gewaltigen Schluck.

»Alles«, behauptete Peter begeistert. »Wir sind zweimal gekentert, einmal fast erfroren, und unsere Lebensmittel haben wir schon vor zehn Tagen in den Stromschnellen verloren. Ein toller Spaß, sage ich euch! Unsere Leute zu Hause werden staunen.«

»Ich fand es gar nicht lustig«, bemerkte Glenda. »Das war meine erste und letzte Kanufahrt, das schwöre ich euch.«

»Wie kommt es, daß ihr so lange unterwegs wart?« wollte Steve wissen.

»Wir haben uns einige Tage nicht vom Fleck gerührt«, erwiderte Andrew, »als es andauernd geregnet hat. Und in den vergangenen Tagen sind wir einen Nebenfluß hochgefahren, der von Graylingen nur so wimmelte. Da haben wir kampiert, um zu angeln.«

»Ohne etwas zu fangen«, warf Glenda schnippisch ein.

»Nun hör aber auf!« fuhr Peter sie an. »Wir haben immerhin vier Graylinge und einen Dolly Varden herausgeholt.« Sophie schien der Streit aufzuregen, denn sie rutschte unruhig hin und her. »Was haltet ihr davon, wenn wir zusammen mit David und Steve weiterfahren?« fragte sie. »Wäre das nicht toll?«

»Ein guter Vorschlag«, meinte Peter, und auch die anderen nickten zustimmend. »Wie sieht es aus?« wandte sich Peter an die beiden. »Habt ihr Lust dazu?«

»Mal sehen«, erwiderte David mit einem kurzen Seitenblick auf seinen Gefährten. »Es sind ja nur noch zwei, drei Tage bis Carmacks.«

Die Becher waren ausgetrunken, und die Flasche war leer. Da sprang David plötzlich auf, lief zu seinem Zelt und kam kurz darauf mit einer vollen Whiskyflasche zurück, die er über dem Kopf schwenkte. »Die hätten wir fast vergessen!« trompetete er. »Die Becher her, jetzt wird gefeiert, daß sich die Bäume biegen!« Er stürzte den Schnaps hinunter, als wäre es Wasser, und holte dann seinen Dudelsack, um zum Tanz aufzuspielen. Es dauerte gar nicht lange, da befand sich die ganze Gesellschaft in Bewegung.

Auch Steve tanzte, zuerst mit Glenda und anschließend ein paarmal mit Sophie. Es machte ihm großen Spaß mit ihr, bis er merkte, daß Andrew, der schon etwas angetrunken war, sie scharf beobachtete. David spielte gerade einen sehr schnellen Tanz nach einer Schlagermelodie, die er mit großer Meisterschaft den Möglichkeiten seines Instruments entsprechend abwandelte. Die Melodie fuhr in die Beine, wurde immer noch schneller und brach zum Schluß mit einem langgezogenen Heulton ab, der weit über den Fluß schallte und als Echo zurückkehrte. Alle klatschten begeistert, so daß David gleich ein neues Stück zu spielen begann. Dabei hüpfte er wie ein betrunkener Grizzlybär im Kreise herum und amüsierte sich köstlich.

Als er danach eine Pause einlegte, um sich einen kräftigen Schluck zu genehmigen, trat Steve zu ihm und flüsterte: »Willst du wirklich zusammen mit denen nach Carmacks fahren?«

David blickte ihn aus geröteten Augen grinsend an und schüttelte seinen kantigen Schädel, von dem die Haare wie feurige Antennen abstanden. »Wie kommst du darauf?« raunte er zurück. »Ich dachte bloß, du würdest vielleicht Gefallen daran finden.«

»Hör zu«, flüsterte Steve. »Wir können entweder morgen ganz früh aufbrechen, wenn die vier noch schlafen, oder wir bleiben einen Tag länger hier.«

»Okay«, nickte David kichernd. »Bleiben wir noch einen Tag länger.«

Steve holte einen Armvoll Holz, brachte das Feuer wieder in Gang und goß sich neuen Whisky ein. Er versuchte Ordnung in seine Gedanken zu bringen, was ihm jedoch nicht gelang. Sophie tanzte mit Andrew, der leise auf sie einsprach, doch sie antwortete ihm nicht. Steve trank, obwohl er merkte, daß er schon berauscht war. Eine Weile schaute er den anderen noch beim Tanzen zu, dann schüttete er den restlichen Whisky hinunter, ging in sein Zelt und legte sich hin. Der Alkohol hatte ihn so müde gemacht, daß er trotz der lauten Musik sofort einschlief. –

Mitten in der Nacht wachte er auf und meinte, einen heftigen Wortwechsel gehört zu haben. Als er kurz darauf leise Schritte vernahm, schaute er durch das Moskitonetz nach draußen und sah in der Dämmerung eine Gestalt auf das Flußufer zugehen. Es war Sophie. Sie setzte sich auf einen Stein und blickte auf das Wasser hinaus. Ihm schien es so, als ob sie weine. Wahrscheinlich hat sie Streit mit Andrew gehabt, dachte er und war im ersten Moment versucht, zu ihr zu gehen, sich einfach neben sie zu setzen. Er mußte sich eingestehen, daß sie ihm gut gefiel. Aber er konnte in seinem alkoholbenebelten Gehirn keinen klaren Gedanken fassen. Eine Zeitlang starrte er noch zu ihr hinüber, ohne sich zu bewegen. Schließlich legte er sich wieder hin, um weiterzuschlafen. Misch dich nicht ein, sagte er sich, sie müssen selber sehen, wie sie zurechtkommen. Der Streit beschäftigte ihn weiter.

Ein Streit

Andauernd gab es Streit. Er saß zu Hause in seinem Zimmer am Tisch, hatte die Tür angelehnt und lauschte. Er hörte deutlich, wie seine Mutter im Wohnzimmer sagte: »Du bist ein Lump.« Und sein Vater antwortete ebenso deutlich: »Blödes Miststück.« Es klatschte, dann schlug die Wohnzimmertür zu. Schritte auf dem Flur, die Wohnzimmertür wurde wieder aufgerissen. »Ja, geh nur!« hörte er seine Mutter schreien, »geh nur zu diesem Weibsbild, das dir den Kopf verdreht! Aber eins sage ich dir: Morgen reiche ich die Scheidung ein!« Jetzt krachte die Flurtür.

Er saß da und kaute an seinem Bleistift. Die Gleichung wollte nicht aufgehen. Wie ging es nun weiter? Wenn sie sich scheiden ließen, würde er vielleicht gar kein Abitur machen. Wozu dann noch jeden Tag diese Paukerei? Er schob das Schulheft beiseite und zog sich die Schuhe an. Ihm fiel auf, daß seine Hände schweißnaß waren. Da hörte er die Türklingel und ging öffnen. Karl kam herein. »Was machst du denn für ein Gesicht?« fragte er besorgt. »Ist dir eine Laus über die Leber gelaufen?«

Sie gingen ins Zimmer. »Meine Eltern wollen sich scheiden lassen«, erwiderte er tonlos, nachdem Karl die Tür hinter sich geschlossen hatte.

»Na und?« fragte Karl. »Sie sind erwachsene Menschen und müssen wissen, was sie tun.« Sein Gesicht nahm auf einmal einen merkwürdig rätselhaften Ausdruck an, es veränderte sich. »Was meinst du, was ich schon alles in meinem Leben mitgemacht habe«, sagte er mit beinahe heiterer Miene. Jetzt war es David, der sprach, Karl war David. »Du mußt dich auf deine eigenen Füßen stellen«, fuhr er fort, »ewig kannst du sowieso nicht am Schürzenzipfel hängen. Einmal muß jeder selbständig werden, der eine früher und der andere später.«

In der Küche lief sehr laut das Radio, es dröhnte durch die ganze Wohnung. David öffnete die Tür, rief »Ruhe!« – und Steve erwachte davon. Er hörte Schlagermusik, die gerade etwas leiser gedreht wurde. Als er aus dem Zelt blickte, sah er David nur mit einer Unterhose bekleidet über den Lagerplatz zum Flußufer gehen. »Ich kann diesen Krach so früh am Morgen nicht vertragen!« rief er Glenda zu, die mit einem Teller in der Hand am Feuer saß, neben sich einen Kassettenrecorder. Auf der anderen Seite saßen Andrew und Peter, Sophie hielt eine Bratpfanne in der Hand.

»Es ist bereits zehn Uhr!« rief Andrew zurück. »Wollt ihr kein Frühstück?«

»Was gibt es denn?« fragte David.

»Kaffee, gebratene Eier, frisches Brot und geräucherten Lachs!«

Steve ging ebenfalls ans Wasser, um sich zu waschen und die Zähne zu putzen. Als er mit David zurückkam, sah er ihre Proviantbeutel neben dem Feuer liegen und stieß David an: »Schau mal! Hast du ihnen unseren Proviant zur Verfügung gestellt?«

»Keineswegs«, erwiderte David. »Allerdings haben wir noch genug, und sie scheinen ziemlich am Ende zu sein.«

»Eine Frechheit bleibt es dennoch«, sagte Steve, und David nickte. Als erstes stellte er den Kassettenrecorder, der immer noch lief, einfach ab.

Sophie hatte Kaffee gekocht und versucht, Bannocks zu backen. Der Kaffee war gut, aber die Bannocks sahen aus wie Pappe, denn sie hatte das Backpulver vergessen. »Wovon habt ihr eigentlich die ganze Zeit gelebt, wenn euch die Lebensmittel schon vor zehn Tagen weggeschwommen sind?« fragte David, nachdem er im Schneidersitz Platz genommmen und sich den Teller gefüllt hatte.

»Ach, das war gar nicht so schwer«, erwiderte Andrew unbekümmert. »Man muß nur clever genug sein.«

»Hinter den Stromschnellen haben wir ein Netz entdeckt«, berichtete Peter, »aus dem haben wir uns zwei Lachse geholt. Und dann sind wir einen Tag später auf ein Blockhaus gestoßen – das müßt ihr auch gesehen haben, es lag auf einem Hügel am rechten Ufer. Da waren wir drei Tage lang, als es andauernd geregnet hat. Es gab Lebensmittel genug, so daß wir uns neu eindecken konnten.«

»Ihr habt also vom Stehlen und Einbrechen gelebt«, grinste David.

Andrew fuhr auf und wurde puterrot im Gesicht. »Unsinn!« rief er. »Willst du uns beleidigen? Die Lachse gehören dem, der sie aus dem Wasser holt.«

»Wenn sie nicht bereits in einem Netz hängen«, stellte David fest, ruhig vor sich hin kauend.

»Als wir in das Blockhaus einstiegen, befanden wir uns in einer Notlage«, sagte Peter.

»Genau«, bestätigte Glenda, »wir waren kurz zuvor an dem Treibholz gekentert und froren entsetzlich. Außerdem regnete es, und wir hatten seit Stunden nichts mehr gegessen.«

»Notlage?« David rümpfte die Nase. »Man kann sich jederzeit ein paar Graylinge fangen und ein Feuer anzünden. Im übrigen käme man innerhalb von drei, vier Tagen nach Carmacks.«

»Du hast gut reden«, sagte Andrew wütend. »Lauf erst mal zwei Tage lang in nassen Sachen herum, dann wirst du merken, was das bedeutet. Sogar unsere Schlafsäcke waren naß geworden.«

»Der Eskimo hat dasselbe gesagt wie David«, wandte Sophie ein. »Vielleicht hätten wir doch lieber zelten sollen.«

»Was für ein Eskimo?« wollte David wissen.

»Da kam so ein Opa mit seinem Motorboot vorbei«, berichtete Peter, »der hatte ein Gesicht wie eine alte Kartoffel.«

»Das Blockhaus hat ihm nicht einmal gehört«, warf Glenda ein.

»Der hat verlangt«, fuhr Peter fort, »daß wir für unseren Aufenthalt in der Hütte bezahlen.«

»Und?« fragte Steve. »Habt ihr es getan?«

»20 Dollar haben wir für die Lebensmittel dagelassen«, sagte Sophie. »Ich fand es viel zu wenig, aber 20 Dollar sind für uns eine Menge Geld.«

»Ich denke, ihr solltet 100 Dollar geben?« sagte David.

Andrew blickte ihn verblüfft an: »Woher weißt du das?«

»Weil wir diesen ›Opa‹ kennen«, gab Steve zur Antwort. »Es war übrigens sein Netz, aus dem ihr die Lachse gestohlen habt. Und das Blockhaus, in das ihr eingebrochen seid, gehört seinem Nachbarn.«

»Verdammt!« schrie Andrew wütend. »Ihr wollt uns nicht verstehen, ihr redet nur dummes Zeug! Was bildet ihr euch eigentlich ein?«

»Mein Sohn«, sagte David ruhig und in gesetzten Worten, »ich möchte dir raten, dich nicht im Ton zu vergreifen. Wir sind hier nämlich in der Wildnis, und da zählen bis heute weder Abitur noch Studium und erst recht kein wohlhabender Vater, sondern hauptsächlich die Körperkraft.«

»Von Typen wie euch lasse ich mir nicht drohen!« rief Andrew. »Wer seid ihr denn, eh? Nichtstuer und Angeber!« Er stand auf und wollte fortgehen. Aber auch David war aufgesprungen. Er nahm ihn kurzerhand beim Kragen und Hosenboden, trug ihn zum Ufer, obwohl er zappelte und brüllte, und warf ihn wie einen Sack ins Wasser. Anschließend setzte er sich wieder hin, als sei nichts geschehen, und frühstückte in Ruhe weiter.

Außer Steve waren die anderen ebenfalls aufgesprungen. Jetzt umringten sie Andrew, der fluchend aus dem Wasser kam und schrie, er wolle bei der Polizei in Carmacks Anzeige erstatten. Nachdem er sich etwas beruhigt hatte, gingen die vier zu ihren Zelten und begannen sie abzubauen. »Das hätten wir also geschafft«, schmunzelte David, »sie ziehen ab.«

»Ich habe gestern schon so etwas geahnt«, sagte Steve. »Deswegen wäre es mir auch lieber gewesen, sie hätten sich gleich davongemacht.«

»Ach was«, grinste David, »der Besuch war doch alles in allem ganz amüsant. Vielleicht war er ja für den einen oder anderen auch lehrreich.«

Sophie kam ans Feuer, um das Geschirr und Besteck der Gruppe einzusammeln. Sie druckste herum, als finde sie nicht die passenden Worte; schließlich stotterte sie: »Ich war von vornherein gegen diese Klauereien. Und wenn es nach mir gegangen wäre, hätten wir auch 100 Dollar in dem

Blockhaus zurückgelassen. Aber ich konnte mich gegen die anderen nicht durchsetzen.«

Steve sah, daß sie Tränen in den Augen hatte. »Tut mir leid«, erwiderte er, »daß es so ausgegangen ist.« Sie war schon einige Schritte weggegangen und kam noch einmal zurück, gab ihnen zum Abschied die Hand und sagte: »Schade, daß wir uns nicht unter besseren Umständen kennengelernt haben.«

»Ja«, murmelte David, »man muß sich seine Freunde gut aussuchen.« Doch das hörte sie schon nicht mehr.

Die Kanus stießen ab, wurden allmählich kleiner und verschwanden hinter der nächsten Biegung. »Hast du Lust, mit mir auf Kaninchenjagd zu gehen?« fragte Steve, als sie ihr Frühstück beendet hatten. »Ich habe ein gutes Revier entdeckt, wo es von ihnen wimmelt. Außerdem könnten wir ein paar Beeren sammeln und Marmelade kochen.«

»Schön«, freute sich David. »Machen wir uns einen gemütlichen Tag als Jäger und Sammler.«

Diebstahl

Am folgenden Tag hatten sie mittags die Einmündung des North Big Salmon River passiert und einige Stunden später ihr Lager am rechten Ufer aufgeschlagen. Gegen Abend waren sie durch den Hochwald bis zu den Ausläufern der Big Salmon Range gestreift, um Fichtenhühner zu schießen; das Jagdglück ließ sich jedoch nicht erzwingen. Obwohl ausgedehnte Moosflächen unter den Baumriesen ideale Futterplätze für Federwild boten, dauerte es fast zwei Stunden, bis sie endlich auf ein Volk Hühner stießen und zum Schuß kamen. Vier der Vögel blieben auf der Strecke, und sie traten zufrieden den Rückweg an. Bald sahen sie ihr Lager zwischen den Bäumen auftauchen, aber dort erwartete sie eine böse Überraschung: Davids Zelt fehlte.

Zuerst dachten sie, ein Bär könne es eventuell fortgeschleppt haben. Doch dann merkten sie, daß auch einer der Proviantbeutel verschwunden war. Und kurz darauf rief Steve erschrocken: »Mein Kanu ist weg!« Es gab keinen Zweifel mehr, sie waren bestohlen worden. Bei einer kurzen Bestandsaufnahme stellten sie fest, daß der Dieb fast sämtliche Lebensmittel fortgenommen hatte. Lediglich ein paar Stücke Bärenfleisch waren ihnen geblieben. »Er hat alles durchsucht«, schimpfte David. »Gut, daß ich mein Gold in der Hosentasche bei mir trage, sonst wäre es futsch.«

»Meinen Regenponcho hat er auch mitgenommen«, ärgerte sich Steve. »Ich möchte wissen, wer so etwas macht.«

»Hol ihn der Geier!« schnaufte David. »Wenn ich den Kerl erwische, geht es ihm schlecht. Komm, laß uns sofort dein Zelt abbauen und hinterherfahren.«

Steve dachte nach. »Merkwürdig, daß der Dieb uns ein Kanu und Fleisch zurückgelassen hat. Er muß doch damit rechnen, daß wir ihn verfolgen.«

»Vielleicht hat er uns beobachtet und einen ausreichenden Vorsprung. Oder er zieht das Kanu irgendwo in den Busch und wartet, bis wir vorbeigefahren sind. Womöglich waren es auch zwei Diebe.«

Steve betrachtete die Fußspuren im Uferschlamm und schüttelte den Kopf. »Es scheint nur einer gewesen zu sein. Hier sind deutlich Abdrücke einer Profilsohle zu erkennen, die keinem von uns gehören.«

»Könnte es sein, daß uns die vier Abenteuertouristen einen Streich gespielt haben?« fragte David. »Dieser Andrew trägt doch auch Schuhe mit Profilsohlen.«

»Eigentlich traue ich es ihnen nicht zu«, erwiderte Steve. »Obwohl es nicht ganz auszuschließen ist.«

»Also los!« rief David. »Packen wir zusammen und fahren wir hinterher!«

»Flußaufwärts oder -abwärts?« fragte Steve.

»Ich meine, flußabwärts«, antwortete David, holte sein Paddel, das in einer Astgabel hing und löste das an den Spanten des Bootes festgebundene Reservepaddel.

Steve rechnete nach: »Wir waren ungefähr drei Stunden auf Jagd, folglich könnte er zwei Stunden Vorsprung haben. Wir sind zwar zu zweit, dafür liegt aber unser Kanu tiefer im Wasser. Wir können ihn demnach, selbst wenn wir uns anstrengen und die Nacht hindurch fahren – was er ebenfalls tun wird –, frühestens morgen im Laufe des Tages einholen; falls er sich weder versteckt hält noch flußaufwärts gefahren ist.« Er schlug die Landkarte auf und verfolgte die Route bis Carmacks mit dem Finger. »Hier mündet der Big Salmon River in den Yukon«, murmelte er. »Und von dort ist es noch eine ganze Tagesreise bis Carmacks.«

David blickte ihm über die Schulter und rief plötzlich aufgeregt: »Schau mal, der Fluß beschreibt an dieser Stelle, wo wir zelten, eine Schleife!«

»Du hast recht«, überlegte Steve. »Sollte sein Vorsprung nur kurz sein, könnten wir ihm vielleicht noch zu Fuß den Weg abschneiden.«

»Versuchen wir es«, sagte David grimmig. Sie hängten die geschossenen Hühner in einen Baum, griffen ihre Gewehre und machten sich auf. Im Dauerlauf ging es mitten durch den Wald. Sie sprangen über querliegende Bäume, brachen durch Dickichte und durchwateten einen Bach. Dann stürmten sie keuchend einen Hügel empor. Steve, der vorgelaufen war, blieb schwer atmend stehen, bis ihn David eingeholt hatte. Vor ihnen glänzte zwischen den Bäumen das Wasser des Flusses, der an dieser Stelle breit und ruhig dahinströmte.

Als sie das von Erlenschößlingen gesäumte Ufer erreichten, sahen sie plötzlich das Kanu, Steves Kanu. Es geriet so unverhofft in ihren Blickwinkel, daß sie im ersten Augenblick wie erstarrt dastanden. Die Entfernung betrug wenigstens 100 Meter. Der in dem Kanu sitzende rotblonde Mann paddelte mit kraftvollen, weitausholenden Bewegungen. Und jeder Paddelschlag vergrößerte den Abstand, denn er hatte die Uferstelle, an der seine beiden Verfolger angekommen waren, soeben in der Mitte des Flusses passiert.

Steve reagierte als erster. Er riß sein Gewehr an die Schulter, gab einen Schrotschuß in die Luft ab und brüllte über den Fluß: »Halt! Kommen Sie sofort ans Ufer!« Doch der Fremde drehte nur kurz den Kopf herüber und verdoppelte seine Anstrengungen. »Das ist Fraser«, keuchte David, »du kannst ihn gerade noch mit der Kugel erreichen.« Steve sprang zu einem Baum, legte an und sah über das Visier hinweg den breiten Rücken des Trappers, das rot-schwarze Muster seines Flanellhemdes. Der Gewehrlauf zitterte ein wenig, Steve atmete tief durch, und sein Finger tastete sich zum Druckpunkt vor. Jetzt mußt du abdrücken, sagte er sich, sonst ist es vorbei, in wenigen Sekunden ist er außer Reichweite. Aber er konnte nicht schießen, er vermochte den Abzugshebel nicht durchzuziehen. Das Gewehr im Anschlag, blieb er regungslos und einen Moment noch den Atem anhaltend stehen, während sich das Kanu immer weiter entfernte, bis es schließlich an der nächsten Biegung außer Sicht geriet. Da erst setzte Steve das Gewehr wieder ab. »Es ging nicht«, schnaufte er, »ich konnte einfach nicht abdrücken.« David nickte nur.

Sie setzten sich auf den Stamm eines umgestürzten Baumes, um sich von den Anstrengungen der Hetzjagd zu erholen. »Was nun?« fragte David nach einer Weile. »Er ist uns entwischt.«

»Ja«, antwortete Steve, »ich habe ihn entwischen lassen.«

»Es ist besser so«, sagte David. »Als ich dich zum Schießen anstachelte, hatte ich schon im nächsten Augenblick ein furchtbar schlechtes Gewissen. Schließlich lassen sich ein paar Ausrüstungsgegenstände nicht gegen ein Menschenleben aufrechnen. Hoffentlich schießt er nicht, dachte ich, aber meine Zunge war wie gelähmt, ich brachte keinen Ton heraus.« Nach einer längeren Pause fuhr er fort: »Mir ist wirklich ein Stein vom Herzen gefallen, als du nicht geschossen hast. Obwohl uns niemand einen Vorwurf gemacht hätte. Im Gegenteil, wir wären wahrscheinlich noch gelobt worden.«

»Ich brachte es nicht über mich«, seufzte Steve. »Ärgerlich ist nur, daß wir jetzt endgültig unsere Sachen los sind.«

»Warum?« fragte David. »Laß uns zurückgehen und hinterherfahren. Vielleicht holen wir ihn doch noch ein, sein Vorsprung ist kleiner als wir dachten.«

Unterwegs berieten sie sich. »Daß es Fraser war«, meinte Steve, »das ist so gut wie sicher. Wir müssen daher sehr vorsichtig sein, immerhin hat er bereits einen Mann erschossen.«

»Wenn man die Polizei braucht, ist sie nicht zur Stelle«, erwiderte David. »Offenbar hat sie die Suche aufgegeben, denn wir haben schon lange kein Flugzeug mehr gesehen.«

»Fraser wird die Nacht hindurch fahren, um den Yukon zu erreichen, und sich dann tagsüber versteckt halten.«

»Das wäre eine Chance für uns. Wir müssen ausrechnen, wie weit er kommen kann und morgen systematisch das Flußufer absuchen. Vielleicht sehen wir auch ein Flugzeug oder einen Hubschrauber und können uns bemerkbar machen. Wüßte die RCMP, wo sich Fraser ungefähr aufhält, würde sie ihn sicherlich bald finden.«

»Also war es doch sein Floß, das James und ich gefunden haben«, überlegte Steve. »Ich frage mich nur, warum er jetzt hier auftaucht.«

»Wahrscheinlich hat er den großen Bogen abgekürzt«, vermutete David, »den der Big Salmon River nach Südwesten macht.«

165

Wieder am Fluß angekommen, breiteten sie erneut die Landkarte aus. »Du hast recht«, sagte Steve. »Wenn man von James' Blockhaus direkt nach Nordwesten über die Berge geht, kommt man etwa hier heraus, wo wir kampieren.« Sie brachen rasch das Zelt ab, luden ihr Gepäck ein und schoben das Kanu ins Wasser, um ihre nächtliche Verfolgungsfahrt anzutreten. »Jetzt hat er zweieinhalb Stunden Vorsprung«, stellte David fest, »das ist nicht wenig.« Er paddelte darauflos, als gelte es sein Leben.

Zuerst kamen sie gut voran. Doch schon eine Stunde später, als die nächtliche Dämmerung hereinbrach, wurde die Strömung reißender. Felsbrocken und Kiesbänke tauchten auf, festgeschwemmte Bäume bildeten unvorhergesehene Hindernisse. Um Mitternacht wurde es so dunkel, daß sie kaum 50 Meter weit sehen konnten; die Fahrt wurde immer gefährlicher. »Es hilft alles nichts«, sagte David schließlich, und man merkte ihm seinen Ärger an, »wir müssen unsere Verfolgung unterbrechen, bis es wieder hell wird.« Steve pflichtete ihm bei, und sie steuerten eine Sandbank an. Da genügend trockenes Holz herumlag, zündeten sie ein Feuer an, um die mitgenommenen Fichtenhühner zu braten. David fluchte vor sich hin, weil weder Kaffee vorhanden war noch Mehl zum Backen von Bannocks. »Alles in allem hat sich Fraser verhältnismäßig anständig verhalten«, meinte Steve. »Er hätte dein Kanu mit einem einzigen Beilhieb leckschlagen können.«

Erst gegen drei Uhr begann es im Osten allmählich heller zu werden. In ihre Schlafsäcke gehüllt, hatten sie am Feuer gesessen und abwechselnd ein wenig geschlafen. Jetzt wurden die im Wasser verstreuten zahlreichen Steine deutlich erkennbar, die Ufer traten aus der Dämmerung hervor.

Nachdem das Gepäck und auch die Gewehre gewissenhaft in den Plastiksäcken verstaut und festgezurrt waren, fuhren die beiden weiter.

Der Fluß führte mäandernd durch eine wildzerklüftete Landschaft, vorbei an steilen Felswänden, von denen kleine Gewässer rieselten; immer noch war das Gefälle erheblich, die Strömung reißend. Die Fahrt verlangte volle Aufmerksamkeit, da hinter jeder Biegung unvorhergesehene Hindernisse auftauchen konnten. Und nicht selten gelang es erst im letzten Moment, das vorwärtsschießende Kanu zwischen Steinen hindurch- oder an Baumstämmen vorbeizulenken. Als kurz darauf die Sonne am Himmel stand, sah man in dem glasklaren Wasser deutlich bis auf den Grund. Hunderte von Lachsen kamen ihnen entgegen, doch sie achteten nicht darauf. Gleichmäßig zogen sie die Paddel durch das Wasser, Stunde um Stunde, bis ihre Hemden schweißnaß waren.

Pech gehabt

Um acht Uhr morgens befanden sich David und Steve nur noch wenige Kilometer oberhalb der Einmündung des Big Salmon River in den Yukon. Mangelnder Schlaf und die übermäßigen Anstrengungen der letzten Stunden hatten sie ermattet, und inzwischen war auch ihre heimliche Hoffnung geschwunden, Fraser womöglich doch noch vor dem Yukon einzuholen. Ihre Rücken- und Armmuskeln schmerzten, die Beine waren fast gefühllos, die mehr mechanischen Paddelbewegungen eine Tortur. Kein Ehrgeiz mehr, keine Begeisterung, nur noch das dringende Bedürfnis, sich auszuruhen, hinzulegen, zu schlafen, wenigstens für kurze Zeit.

Sie beschlossen gerade, demnächst eine Rast einzulegen, da sahen sie vor sich erneut Schaumkämme auf dem Wasser, denen ihr Kanu mit großer Schnelligkeit entgegensteuerte. Der Fluß beschrieb eine enge Kurve, wie schon so oft an diesem Morgen; aber diesmal hatte sich direkt dahinter ein riesiger Fichtenstamm quer vor mehreren Felsen verkeilt, zwischen denen das Wasser hindurchschoß. Zwar gab es rechts und links ebenfalls Durchfahrten, doch die Hauptströmung führte das Kanu mit reißender Kraft auf den Baumstamm zu, der dicht über dem Wasserspiegel schwebte. Ein Ausweichmanöver begann, für das lediglich Sekunden zur Verfügung standen. Verzweifelt bemühten sich David und Steve, ihr Fahrzeug seitlich zu versetzen, das Hindernis war ihnen jedoch schon zu nahe – sie hatten einen Moment zu spät reagiert. Das Kanu legte sich schräg, wurde voll von der Strömung erfaßt und unmittelbar darauf gegen den Stamm gedrückt, wo es augenblicklich umschlug.

Prustend tauchten die beiden wenige Meter voneinander entfernt wieder auf. Das Wasser war eiskalt, ein plötzlicher Schock. Dennoch galt ihr erster Gedanke dem Kanu. Aber sie wurden an weiteren Felsen vorbeigewirbelt, hatten Mühe, sich überhaupt an der Oberfläche zu halten, vor allem den Kopf zu schützen. Als das Wasser etwas ruhiger wurde, war das Kanu fort. Sie schwammen auf das Ufer zu, und jetzt erst, als sie zwischen den Steinen an Land kletterten, sahen sie ihr Boot schon weit entfernt kieloben den Fluß hinuntertreiben. »Verdammter Mist«, fluchte David, Wasser spuckend, »nun sind wir auch noch das zweite Kanu los.«

»Und dazu unsere gesamte Ausrüstung einschließlich der Gewehre«, keuchte Steve.

Das Flußbett wurde flacher und verbreitete sich, hier und da ragten Felsen aus dem Wasser auf. Eine schwache Hoffnung bestand noch, das Boot könne angespült werden. Also sprangen sie am Ufer entlang über die Steine, sie liefen weiter über Kiesbänke, kletterten durch angeschwemmte Bäume und wichen bei tieferem Wasser und morastigen Stellen in das Ufergebüsch aus. Eine Art euphorischer Stimmung bemächtigte sich ihrer, sie wollten nicht aufgeben. Und hinter einer Biegung, als sie schon eine Stunde unterwegs waren, sahen sie tatsächlich ihr Kanu, das zwischen zwei Felsbrocken festhing. Es befand sich gut 30 Meter vom

Ufer entfernt in einer reißenden Außenströmung; allem Anschein nach war es beschädigt.

»Wir müssen es auf jeden Fall bergen«, schnaufte David, »schon der Ausrüstung wegen.«

»Aber wie?« fragte Steve. »Wir haben kein Seil. Sonst würde ich mich festbinden und hinüberschwimmen.«

»Es muß auch so gehen«, erwiderte David. Er lief 100 Meter zurück, zog sich aus, sprang ohne viel zu überlegen ins Wasser und kraulte in den Strom hinein, der ihn rasch in Richtung auf das festsitzende Boot fortführte. Kurz darauf hatte er es erreicht. Mit einem gewaltigen Ruck riß er es los. Wenige Minuten später trieb er mit dem vollgeschlagenen Boot weiter unten wieder an Land. Hastig nahm Steve die Kleidungsstücke und lief hinterher.

Als erstes untersuchten sie den Bootskörper. Der Kunststoff war am Bug gesplittert und wies ein faustgroßes Loch auf. »Das läßt sich kleben«, sagte David, »aber dummerweise habe ich kein Flickzeug.« Als nächstes wurde die Ladung in Augenschein genommen, und es stellte sich heraus, daß kein einziges Stück fehlte; allein die Paddel waren weggeschwommen.

Auf der Landkarte hatten sie gesehen, daß am Zusammenfluß von Big Salmon und Yukon eine verlassene Ortschaft lag. Bis dorthin konnte es nicht mehr weit sein. Sie nahmen also das Kanu samt dem Gepäck auf die Schultern und stapften los. Einen Pfad gab es nicht, so daß sie sich oberhalb des Flusses ihren Weg durch den Wald bahnen mußten, eine entsetzliche Schinderei. Keuchend unter ihrer Last erreichten sie schon nach einer halben Stunde einen mit Gras und kniehohem Buschwerk bewachsenen Platz auf der rechten Uferbank. Vor ihnen lagen etwa fünf verfallene Häuser und Hütten. Direkt dahinter sahen sie den Yukonstrom, an dessen jenseitigem Ufer sich majestätisch aufragende blau schimmernde Berge erhoben. Leise Pfiffe ertönten plötzlich, und mehrere Murmeltiere verschwanden blitzschnell in ihren Erdlöchern.

»Big Salmon Station«, schnaufte David. »Der Ort hat seine Blüte während des großen Goldrausches erlebt, als Zehntausende den Yukon hinunter ins Klondike-Gebiet zogen. Obwohl er seit Jahrzehnten verlassen ist, legen doch gelegentlich Boote an; freilich keine Raddampfer mehr, die hier früher mit Feuerholz versorgt wurden, sondern kleine Motorboote oder Kanus.« Sie schleppten ihre schwere Last zu einem der am Ufer gelegenen Häuser, das noch halbwegs intakt aussah. Ihre Kleidung war inzwischen am Körper getrocknet. Todmüde streiften sie die Schuhe ab, warfen sich in den Schatten und waren kurz darauf fest eingeschlafen.

Gegen Mittag erwachten sie von Mücken zerstochen und mit vor Hunger knurrenden Mägen. Vom Strom her kam das helle Summen eines Motorbootes, das jedoch schon vorbeigefahren war, als sie aufsprangen. »So ein Mist!« schimpfte David. Bekümmert blickte er dem Boot nach, das eine weiße Gischtwelle hinter sich herzog und rasch kleiner wurde, bis es stromabwärts an der nächsten Biegung verschwand.

»Ach, laß doch«, sagte Steve. »Wir brauchen keine Hilfe, wir kommen auch allein zurecht. Notfalls bauen wir ein Floß und lassen uns bis Carmacks treiben.«

»Und was essen wir heute?« fragte David brummig.

»Bärenfleisch, was sonst. Zünde schon mal das Feuer an,

hier liegt noch etwas Holz. Ich besorge inzwischen mehr.« Das Beil in der Hand, lief er in den Wald und kam nach kurzer Zeit mit einem Armvoll trockener Äste zurück. Anschließend holte er Wasser von der Mündung des Big Salmon, dessen klare Fluten sich etwa 100 Meter weiter mit dem dunkleren Wasser des Yukon mischten. Auf dem Rückweg bemerkte er flußaufwärts zwischen den Bäumen auf einer sandigen Erhebung die Grabstellen eines alten Indianerfriedhofs, kleine Bretterhütten und schmale, von verwitterten Lattenzäunen eingefaßte Erdhügel, die wie Kinderbetten inmitten der wuchernden Vegetation lagen. Er ging durch den Wald zurück, um noch ein paar Kräuter und Pilze zum Essen zu sammeln.

Als er zum Lager zurückkehrte, brannte auf einer erst kürzlich benutzten Kochstelle zwischen den Häusern bereits ein Feuer. David kam aus einem der Gebäude, an dem ein Schild mit der kaum noch lesbaren Aufschrift »Big Salmon Trading Post« hing. »Dach und Fußboden sind noch in Ordnung«, sagte er. »Wir können darin übernachten.«

Sie schnitten Bärenfleisch in den Topf, stellten es zusammen mit dem Gemüse auf und setzten sich. Schweigend schauten sie auf den Strom hinaus, der an dieser Stelle gut 200 Meter breit sein mochte und in seinem tief eingegrabenen Bett gewaltige Wassermassen nach Norden wälzte. »Jetzt ist uns Fraser endgültig entkommen«, sagte David nach einer Weile.

»Wir sollten so bald wie möglich die RCMP benachrichtigen«, antwortete Steve. »Ich nehme an, er fährt den Yukon hinunter nach Alaska.«

David nickte. »Falls wir ein weiteres Boot oder ein Flugzeug sehen, winken wir am besten mit unseren Handtüchern. Er breitete seinen naß gewordenen Tabak zum Trocknen aus.

»Fraser müßte heute morgen den Yukon erreicht haben«, überlegte Steve. »Das bedeutet, daß er sich irgendwo stromabwärts versteckt hält, da er es nicht wagen wird, tagsüber zu fahren. Was hältst du davon, wenn wir nachher das Ufer auf zwei oder drei Kilometern nach Spuren absuchen?«

»Gut«, erwiderte David, »dann laß uns jetzt essen. Das Fleisch hat genug gekocht.« Er konnte es kaum erwarten, sich den Teller zu füllen, so sehr peinigte ihn der Hunger.

Sie hatten gerade mit der Mahlzeit begonnen, als David plötzlich auf den Strom wies und sagte: »Dort kommt ein Boot.« Sie liefen ans Ufer und sahen ein mit zwei Personen besetztes Kanu langsam näherkommen. Steve legte seine Hände trichterförmig an den Mund rief hinüber: »Hallo! Kommt an Land!« Doch die beiden Kanufahrer winkten lediglich zurück und hielten ihr Fahrzeug weiter in der Strömung. Erst als David brüllte: »Eine Nachricht für die Polizei in Carmacks!« näherte sich das Boot. Zwei junge Männer saßen darin.

»Könnt ihr eine Nachricht an die RCMP in Carmacks übermitteln?« fragte Steve.

»Sicher«, antwortete einer der beiden. »Was gibt es denn?«

»Steigt einen Moment aus«, erwiderte Steve. »Ich schreibe es lieber auf.« Er riß ein Blatt aus seinem Notizbuch und brachte einige Zeilen zu Papier, in denen er die Begegnung mit Fraser und den weiteren Verlauf der Verfolgung schilderte. Außerdem äußerte er seine Vermutung, Fraser habe mittlerweile den Yukon erreicht und sich stromabwärts gewandt.

Die beiden Fremden kamen die Uferböschung herauf, und Steve händigte ihnen den Brief aus. »Wie wär's mit einem Teller Suppe?« fragte er. Die beiden stimmten nach kurzer Beratung zu. Sie trugen dunkelblaue Sweater, Jeans und Gummistiefel. Urs und Michael, stellten sie sich vor, und auch Steve und David nannten ihre Namen. Während des Essens berichtete Steve von Fraser und dem unfreiwilligen Bad im Big Salmon. »Jetzt sitzen wir hier auf dem trockenen«, schloß er seine Ausführungen. »Unser Boot ist beschädigt, und wir haben kaum noch Lebensmittel.«

Urs und Michael waren Schweizer, die im Laufe des Sommers den Yukon bis ans Beringmeer hinunterfahren wollten. Ihre ersten Erfahrungen hatten sie bereits auf Wildwasserstrecken in den Alpen gesammelt. Jetzt bestand ihr Ehrgeiz offenbar darin, möglichst schnell voranzukommen. Leider besaßen sie kein Flickzeug – oder wollten es nicht hergeben –; aber sie erklärten sich bereit, etwas Mehl, Reis, Zucker und Kaffee gegen ein paar Pfund Bärenfleisch einzutauschen, von dem sie sehr angetan waren.

Sie erzählten, daß auf dem Lake Laberge vor wenigen Tagen zwei Amerikaner mit dem Kanu gekentert und ertrunken waren. »Wir haben selber erlebt, wie gefährlich der See sein kann«, sagte Urs. »Als wir auf ihm waren, kam ganz plötzlich Wind auf, und die Wellen schlugen innerhalb weniger Minuten mehr als einen Meter hoch. Glücklicherweise hatten wir uns in der Nähe des Ufers gehalten, so daß wir mit dem Schrecken davonkamen.«

»Wären wir in der Mitte gewesen, hätte es uns wahrscheinlich erwischt«, meinte Michael. »Das Wasser war so kalt, daß man schwimmend nicht mehr ans Land gekommen wäre.«

Da die beiden erst kurze Zeit unterwegs waren, brachten sie allerlei Neuigkeiten mit. Die mysteriöse Aids-Krankheit griff weiter um sich, und man hatte immer noch kein Abwehrmittel dagegen gefunden. Nach dem Reaktorunglück in Tschernobyl war in großen Teilen Europas und Asiens eine erhöhte Radioaktivität registriert worden; es gab drastische Beschränkungen für die Verwertung landwirtschaftlicher Produkte; im nördlichen Skandinavien hatten die Lappen ihre Existenzgrundlage verloren, weil die Rentierherden verseucht worden waren. In der Bundesrepublik Deutschland war ein Industriemanager von Terroristen ermordet worden; zwei ehemalige Minister standen unter Anklage wegen Steuerhinterziehung in Millionenhöhe. In Sri Lanka herrschte Bürgerkrieg, in der afrikanischen Sahelzone starben Hunderttausende an Hunger, in Europa wurden massenweise verseuchte Lebensmittel vernichtet... Unglaubliche, beängstigende Nachrichten, Botschaften wie aus einer anderen Welt.

Nach dem Essen fuhren die beiden Schweizer gleich weiter. Um Carmacks am nächsten Tag vor Geschäftsschluß zu erreichen, mußten sie bis zum Abend noch einige Kilometer zurücklegen.

Unerwartete Hilfe

»Ich wüßte, wie wir das Boot reparieren können«, sagte Steve. »Die Indianer haben früher Kanus aus Fellen oder Birkenrinde hergestellt, die sie mit Baumharz zusammenklebten. Wir könnten etwas Harz kochen und einen Flicken über das Leck setzen.«

»Ein guter Gedanke«, stimmte David zu. »Außerdem müssen wir uns zwei neue Paddel schnitzen.« Er horchte auf, und auch Steve vernahm die merkwürdigen Geräusche, die anscheinend vom Big Salmon River herüberdrangen: ein mehrfach anschwellendes, abrupt wieder verstummendes Dröhnen und Knattern.

»Das ist ein defekter Motor«, stellte David fest.

Sie traten ans Ufer und sahen ein Motorboot langsam näherkommen, das von einem untersetzten dunkelbärtigen Mann gesteuert wurde. Der Außenbordmotor ratterte und spuckte, als wolle er jeden Moment auseinanderfliegen. Ab und zu ließ der Mann die Maschine aufheulen, damit sie nicht völlig ausging.

»Ist das nicht dieser Bernie, der uns sein Gewehr vor die Nase gehalten hat?« fragte Steve.

»Er ist es«, sagte David, »und er will an Land kommen.«

Das vollbeladene Boot legte mit tuckerndem Motor unten am Ufer an, und der Bärtige rief hinauf: »Versteht einer von euch etwas von Motoren?«

»Guten Tag, Mister«, antwortete David. »Vielleicht kann ich Ihnen behilflich sein.«

Sie gingen hinunter, und der Bärtige wurde auf einmal sehr verlegen. »Himmeldonnerwetter!« krächzte er. »Seid ihr etwa die beiden Voyageurs namens David und Steve, die kürzlich bei meinen Nachbarn zu Besuch waren?«

»Genau die sind wir«, bestätigte David.

»Das ist mir aber verdammt peinlich! James und Sue haben von euch berichtet, ich bin Bernie.« Er reichte ihnen die Hand. »Tut mir wirklich leid«, fügte er noch hinzu, »ich habe euch neulich für...«

»Schauen wir uns die Maschine mal an«, unterbrach ihn David. »Wo ist das Werkzeug?«

Während sich die beiden an die Reparatur des Außenbordmotors begaben, ging Steve wieder hinüber zum Lagerplatz, der von einer Schar Greyjays besetzt gehalten wurde. Wie Strandräuber hockten sie auf dem Kochtopf, auf Rucksäcken, Proviant, Schuhen und Kanu, sogar in der Bratpfanne. Nachdem Steve sie fortgescheucht hatte, begann er etwas Ordnung zu schaffen. Er wusch das Geschirr ab, holte Fichtenreiser aus dem Wald und fegte damit den verschmutzten Fußboden der Handelsniederlassung. Dann schaffte er die Ausrüstung hinein, die Schlafsäcke hängte er zum Auslüften über einen Balken. Er besorgte weiteres Holz, schürte das Feuer, stellte die Kaffeekanne auf. Die Reparatur des Motors dauerte länger als erwartet.

»Wie lange braucht ihr noch?« rief er hinunter.

»Mindestens zwei Stunden«, antwortete David, »wir haben alles auseinandergenommen!«

Also nutzte Steve die Zeit, um Blaubeeren zu sammeln, Marmelade zu kochen und Bannocks zu backen. Auf einem

Abfallhaufen neben den Häusern fand er ein altes Schraubglas, das er auskochte, bevor er die Marmelade hineinfüllte. Aber sobald er sich setzte, fielen ihm die Augen zu; er hätte sich am liebsten hingelegt und geschlafen. Die Anstrengungen der Verfolgungsfahrt machten sich erst jetzt richtig bemerkbar.

Als David und Bernie endlich fertig waren, gab es Kaffee und frische Bannocks mit Blaubeermarmelade. Bernie griff zu, ohne sich lange bitten zu lassen. »Diese Touristen haben gehaust wie die Vandalen«, erklärte er. »Ich habe mein Blockhaus kaum wiedererkannt: Alles war durcheinander, und ein großer Teil der Lebensmittel fehlte. Einmal abgesehen von der eingeschlagenen Fensterscheibe.«

»Wir haben die vier unterwegs getroffen«, sagte David. »Sie wollten weiter nach Carmacks.«

»Was! Wann war das?«

»Vor drei Tagen. Sie könnten heute gerade in Carmacks ankommen.«

»Dann erwische ich sie eventuell doch noch«, freute sich Bernie. »Die werden etwas erleben! Stellt euch vor, sie haben mir 20 Dollar zurückgelassen, aber allein die beiden Flaschen Whisky, die sie mitgehen ließen, kosteten schon 36 Dollar. Sie haben sogar meine Gewehre benutzt und mit meiner Munition Schießübungen auf eine Fichte neben dem Haus gemacht. Ich hatte sie extra stehenlassen, um mittags Schatten zu haben. Jetzt ist der Stamm völlig durchlöchert, und ich werde den Baum fällen müssen, damit er mir nicht beim nächsten Sturm aufs Dach fällt.«

»Es sind seltsame Leute«, sagte David. »Noch ziemlich jung und unerfahren. Ich hatte den Eindruck, daß ihnen nicht ganz klar war, was sie da getan haben.«

»Egal«, entgegnete Bernie. »Wer einbricht und stiehlt, muß dafür geradestehen. Wo kommen wir sonst hin! – Habt ihr übrigens von dem geflohenen Trapper aus der Gegend von Atlin gehört?«

Jetzt berichtete Steve zum zweitenmal an diesem Tag von der Begegnung mit Fraser. Als er zu Ende war, schüttelte Bernie wütend den Kopf. »Es ist unglaublich!« schimpfte er und zählte an den Fingern ab: »Kanu, Zelt, Regenponcho, Proviant, Paddel.« Die Entrüstung rötete sein Gesicht. »Wenn ich diesen Fraser sehe«, rief er, »schieße ich ihm eine Kugel durch den Kopf! Und am liebsten würde ich das gleiche mit diesen vier Touristen tun!«

»Damit sollte man nicht spaßen«, sagte Steve ernst, und David stimmte ihm zu: »Man könnte leicht den Falschen erwischen; außerdem bin ich gegen diese Art von Selbstjustiz.«

»Ihr habt schon recht«, meinte Bernie, immer noch sehr erregt, »ich bin in dieser Hinsicht vielleicht zu unbeherrscht. Aber das Blockhaus, an dem ihr vorbeigekommen seid, ist meine erste richtige Heimat; ich habe es vor zehn Jahren selber gebaut. Vorher war ich nirgendwo wirklich zu Hause. Und wenn Leute kommen, die das in Frage stellen, sehe ich rot.« Er begann, während sie dort auf der Uferbank am Zusammenfluß von Yukon und Big Salmon am Feuer saßen, seinen Lebensweg zu erzählen, der vieles besser begreifen ließ.

Bernie – eigentlich hieß er Bernhard – war 45 Jahre alt und während des Zweiten Weltkriegs in Ostdeutschland geboren worden. Die Nachkriegszeit hatte die Familie unter menschenunwürdigen Bedingungen in einem Barackenlager in der Nähe von München zugebracht. Der Vater war arbeitslos, die Mutter krank nach einer Fehlgeburt, es gab kaum zu essen und zu heizen. »Wir waren Flüchtlinge«, erzählte Bernie, »wir hatten nichts als unser Leben und galten unter den Einheimischen als sogenanntes Rucksackgesindel; wir waren ein Dreck für sie.« Aber Amerika! Das war der Traum vom gelobten Land, in dem Milch und Honig flossen. Von dort kamen Corned beef, Schokolade, Nylonstrümpfe, Coca-Cola. Viele wollten damals auswandern, Hunderttausende, Bernies Familie schaffte es sogar. Schon die Umstände waren allerdings ein Kapitel für sich.

Industrielle, Farmer und Plantagenbesitzer aus den Vereinigten Staaten reisten an. Ein amerikanischer Konsul veranstaltete mit den Bewerbern auf einem Schloß bei München regelrechte Sklavenmärkte. Die Männer wurden auf ihre körperliche Eignung untersucht, sie mußten mit entblößtem Oberkörper antreten. Wofür sollten sie geeignet sein? Natürlich zur Arbeit, zu schwerer körperlicher Arbeit für möglichst wenig Geld. Ihre Muskeln wurden befühlt, Fragen nach der politischen Gesinnung waren zu beantworten. Wer ausgewählt wurde, durfte sich glücklich schätzen – das Paradies wartete auf ihn.

Voller Hoffnung fuhren sie über den Ozean, wie vor ihnen schon Millionen seit mehr als drei Jahrhunderten. Der Ablauf war auch noch Mitte des 20. Jahrhunderts der übliche: ein überfülltes Auswandererschiff, die Freiheitsstatue des New Yorker Hafens, Quarantänelager, Formalitäten, Heimweh, Fremdheit. Den reichen Onkel aus Amerika gab es nicht, und wer nicht einmal die Landessprache versteht, hat es besonders schwer. Im übrigen steckt der Reichtum einer Nation in den Taschen weniger, und er beruht auf der Ausnutzung der anderen – so einfach ist das.

Die Reise endete auf einer Farm in der Nähe des Missis-
sippi in einem wellblechgedeckten Holzhaus. Nebenan
wohnten Schwarze und Puertoricaner. Der Stundenlohn
betrug ein paar Cent, der Weg zum nächsten Dorf und zur
Schule dauerte zwei Stunden. Aber satt zu essen, Arbeit, ein
Dach über dem Kopf, keine zerstörten Städte und Dörfer,
wohlgenährte Menschen. »Kurz und gut«, grinste Bernie,
»das Paradies, das wir uns freilich ein wenig anders vorgestellt hatten.«

Einige Jahre später, als der Kontrakt auslief, entschlossen
sich die Eltern zu einem Wohnungswechsel. Die auf sechs
Personen angewachsene Familie zog nach Saint Louis, wo
der Vater Arbeit in einer Großschlächterei bekam. Die Arbeit war schwer, und sie zermürbte ihn. »Er hat sich totgear-
beitet«, sagte Bernie, »und er ließ fünf hungrige Mäuler und
eine unversorgte, schwermütige Frau zurück. Ich war damals 14 Jahre alt und fing an, die Familie zu ernähren.
Sonntags gab es bei uns eine Dose Hundefutter, das war das
billigste Fleisch.«

Doch immer noch dieser Traum, dieses blödsinnigste aller blödsinnigen Hirngespinste: vom Tellerwäscher zum
Millionär. »Da ich nichts gelernt hatte«, erzählte Bernie
weiter, »bekam ich nur schlechtbezahlte Aushilfsstellen. In
dem Stadtteil, in dem wir lebten, bei der Arbeit und hinterher in den Kneipen herrschte das Gesetz des Dschungels:
Brutalität, Heimtücke, Gewissenlosigkeit. Nachdem meine
Geschwister versorgt waren und meine Mutter gestorben
war, ging ich in den sechziger Jahren über die Grenze nach
Kanada, und zwar gleich in den Norden. Inzwischen besitze
ich die kanadische Staatsangehörigkeit und – das wichtig-
ste von allem – ich bin mein eigener Herr.«

Sie erzählten noch lange, dort vor den verlassenen baufälligen Häusern und unter dem verwitterten Schild: »Big Salmon Trading Post.« Am späten Nachmittag fuhr Bernie dann weiter nach Carmacks, wo er im Laufe des Abends anzukommen gedachte. Er machte David und Steve den Vorschlag, bei seiner Rückfahrt am folgenden Tag Material zum Flicken des Kanus sowie zwei Paddel mitzubringen. Außerdem wollte er noch am selben Abend, gleich nach seiner Ankunft in Carmacks, die Polizei von Frasers Auftauchen am Yukon verständigen. Bevor er weiterfuhr, schenkte er den beiden eine geräucherte Lachshälfte, denn seine Ladung bestand sowohl aus geräuchertem als auch frischem Lachs.

»Also, dann bis morgen nachmittag!« verabschiedete er sich und winkte den beiden Zurückgebliebenen von der Flußmitte aus noch einmal zu.

Es klärt sich auf

Die Vermutung, Fraser könne sich in der Nähe versteckt halten, bestätigte sich nicht. Er mußte den Yukon wohl doch schon weiter hinuntergefahren sein, vielleicht kampierte er auch auf einer Insel. Nachdem sie am Ufer keine Spur von dem Gesuchten fanden, kehrten David und Steve ungefähr zwei Kilometer unterhalb von Big Salmon Station um. Der Weg zurück durch das Unterholz war mühsam, so daß sie ihr Lager erst am späten Abend wieder erreichten. Sie aßen nur etwas Bannock mit geräuchertem Lachs, dann breiteten sie auf den Dielenbrettern des alten Handelspostens ihre Isoliermatten aus. Todmüde krochen sie in die Schlafsäcke, diesmal mit einem Dach über dem Kopf.

Steve hatte gerade die Augen geschlossen, als ein Geräusch seine Aufmerksamkeit erregte. Draußen war es zwar noch dämmrig, aber die kleinen Fensteröffnungen ließen nur wenig Licht in den Raum, der völlig leer stand; Decke und Wände lagen bereits im Dunkeln. Jetzt erst wurde Steve bewußt, daß er sich in einem von seinen Bewohnern verlassenen Geisterort befand. Er gähnte und flüsterte David zu: »Es spukt. Hörst du es?« Doch David schlief bereits den Schlaf der Gerechten.

Wieder ertönte ein Geräusch, so als kratze jemand an der Wand. Steve schlüpfte aus dem Schlafsack, nahm vorsichtshalber sein Gewehr und guckte zur Tür hinaus – nichts

Auffälliges war zu sehen. Er schlich einmal um das Haus herum, aber alles war ruhig. Kein Wind, kein Lebewesen, die verfallenen Nachbarhäuser starrten unbewegt aus leeren Fensterhöhlen herüber. Erst als er ins Haus zurückging, zuckte Steve plötzlich zusammen und sprang blitzschnell zur Seite. Da war etwas ganz nahe an seinem Kopf vorbeigeflogen.

Krachend fiel die Tür gegen die Außenwand, und David fuhr erschrocken auf. »Was ist denn los?« brummte er schlaftrunken.

»Ich weiß nicht«, antwortete Steve. »Eben hatte ich den Eindruck, im Gesicht von einer kalten Hand gestreift worden zu sein.«

»Du spinnst«, schimpfte David. »Fang mir bloß nicht mit Gespenstergeschichten an!«

»Vielleicht war es ein Vogel«, meinte Steve betreten.

»Oder ein fliegender Fisch auf seinem Abendspaziergang«, brummte David und drehte sich auf die andere Seite, um weiterzuschlafen.

Da kratzte es deutlich vernehmbar schon wieder an der Wand. Steve bemerkte im Halbdunkel eine Bewegung, und als er rasch nähertrat, erblickte er ein handtellergroßes spinnenartiges Tier, das an einem Balken entlangkroch. Eine Vogelspinne, durchfuhr es ihn. Zugleich sagte er sich, daß es so weit im Norden keine tropischen Giftspinnen geben könne. »David!« rief er. »Wach auf! Hier sind irgendwelche merkwürdigen Tiere, die wie Vogelspinnen aussehen.«

Jetzt raffte sich David auf. Besorgt kam er heran, einen Schuh abwehrbereit in der Hand. Und als Steve sein Feuerzeug anzündete, sahen sie tatsächlich ein dunkles kleines Tier mit einem zähnebewehrten Maul an der Wand. Aber es war keine Spinne, sondern eine Fledermaus, die sich langsam an einem Balken entlangbewegte, wobei sie sowohl ihre Beine als auch die Krallen an den Flughäuten benutzte. »Du hast recht«, sagte David, »die Viecher sehen fast wie große Spinnen aus, wenn sie am Holz entlangkriechen. Aber sie tun uns nichts, sie sind vollkommen harmlos.« Er kroch in seinen Schlafsack zurück, und auch Steve legte sich wieder hin und war bald darauf fest eingeschlafen. Nur einmal wachte er nachts auf, weil er von riesigen Vogelspinnen mit tückischen kleinen Menschengesichtern träumte, die ihn ansprangen. Er zog den Reißverschluß ganz hoch und verschwand mit dem Kopf im Schlafsack. In seinem Unterbewußtsein beschäftigte ihn die Angst, er könne ausgesaugt werden. –

Am nächsten Morgen erwachten sie spät. David nahm als erstes ein ausgiebiges Bad, denn er hatte festgestellt, daß die Wassertemperatur im Yukon um einige Grade höher lag als im Big Salmon. Er ließ sich Zeit, und Steve bereitete inzwischen schon das Frühstück vor. Die gegenüberliegenden bewaldeten Berggiganten waren in helles Sonnenlicht getaucht und wirkten zum Greifen nahe. Zwei Weißkopfadler zogen über dem grünen Strom ihre Kreise, ein Trupp lärmender Enten strich in schnellem Flug am Ufer entlang zum Mündungsgebiet des Big Salmon. Auf dem Platz um die Häuser herum tummelten sich die Murmeltiere, die Anwesenheit der Menschen einfach ignorierend.

Sie genossen den aromatisch duftenden Kaffee, dazu die noch warmen Bannocks mit Blaubeermarmelade. Dagegen kitzelte der Räucherlachs schon nicht mehr so sehr den Gaumen; denn jede Delikatesse verliert ihren Reiz, sobald sie zum Grundnahrungsmittel wird.

»Wenn Bernie zurückkommt«, brach David das morgendliche Schweigen, »flicken wir als erstes das Kanu. Dann könnnen wir morgen früh weiterfahren und sind abends in Carmacks.«

Steve stimmte ihm zu. »Hoffentlich hat er gestern noch die RCMP erreicht«, meinte er. »Ich denke, sie werden alles daransetzen, Fraser zu verhaften.«

»Ja. Nachdem er so lange untergetaucht war, stehen sie unter Zugzwang. Bernie hat erzählt, daß man in der Presse schon seit langem ungehalten ist. Man will Erfolge sehen. Und angeblich ist die Bevölkerung beunruhigt.«

»Bist du beunruhigt?« fragte Steve grinsend.

»Weniger beunruhigt, als vielmehr betroffen. Dennoch täte es mir leid, wenn sie Fraser umlegen würden.«

»Was nicht ganz auszuschließen ist«, sagte Steve, und David nickte.

Das Frühstück zog sich fast bis zum Mittag hin. Sie hatten ihr umgedrehtes Kanu als Tisch und zugleich als Rückenlehne genommen und genossen von ihrem Uferplatz aus den Überblick. Der Strom zog vorbei, wie er seit Jahrtausenden schon vorbeigezogen war. Im Sommer befahren von leichten Booten, im Winter als gefrorene Straße von den Schlitten benutzt. Die Verhältnisse hatten sich – im großen und ganzen – kaum verändert: früher waren es Rindenkanus und Hundeschlitten, heute Kunststoff- oder Metallboote und Motorschlitten. Nur die menschlichen Lebensbedingungen hatten sich grundlegend geändert, wie der Kondensstreifen eines Düsenflugzeugs bewies, das hoch am blauen Himmel seine Spur hinterließ. Jeder ist jederzeit überall erreichbar, hieß das. Sich entziehen zu wollen, ist eine Illusion.

Sie warteten, ruhten sich aus, brachten ihre Ausrüstung in Ordnung. Steve angelte zwischendurch ein paar Graylinge am Ufer des Big Salmon, wo sie zu Dutzenden gut sichtbar im klaren Wasser standen. Erst am späten Nachmittag war endlich ein fernes Brummen zu vernehmen. »Bernie kommt!« rief David, und sie liefen ans Ufer. Aber bald merkten sie, daß sich aus Richtung Carmacks ein Hubschrauber näherte. Er flog zielgerichtet auf sie zu, ging rasch tiefer und landete wenig später auf dem freien Platz vor den Hausruinen. Auf den Kufen war ein Kanu festgebunden – Steves Kanu. Sergeant Harrison und Konstabler Joung sprangen aus der Maschine.

»Wir haben ihn heute nacht verhaftet!« war das erste, was Harrison von sich gab. Er ließ sich neben dem Lagerfeuer einfach fallen, streckte die Beine aus und bat um einen Becher Kaffee. Joung folgte seinem Beispiel. Die beiden Polizisten machten einen erschöpften, wenn auch zufriedenen Eindruck. Sie berichteten.

Fraser war also gefaßt worden. Nachdem Bernie die Nachricht vom Auftauchen des Gesuchten überbracht hatte, war sofort eine großangelegte Aktion eingeleitet worden. Man hatte mit Leuchtraketen ausgerüstete Beamte auf der Brücke postiert, die bei Carmacks über den Yukon führt. Und in den frühen Morgenstunden, noch während der nächtlichen Dämmerung, war ein Kanu mit einem einzelnen Mann gesichtet worden. Als die Posten ihre Signale gaben, waren mehrere Motorboote hinausgefahren und hatten Fraser eingekreist, so daß ihm keine Chance zur Flucht blieb. Er hatte sich ergeben und war gleich verhört worden. Seine Vernehmung hatte den ganzen Vormittag gedauert, denn sie förderte überraschende Neuigkeiten zutage.

187

»Die Sache mit Fraser und seinem getöteten Nachbarn verhielt sich ganz anders, als wir ursprünglich annahmen«, erzählte Harrison. »Daran ist wieder einmal zu sehen, wie leicht man sich täuschen kann. Fraser hat nämlich – wie er völlig überzeugend darlegen konnte – in Notwehr gehandelt. Und zwar wollte er seinen Nachbarn aufsuchen, um sich mit ihm endlich einmal auszusprechen. Als er noch einen Kilometer von der Trapperhütte entfernt war, sah er auf einmal, wie ein Hubschrauber der RCMP aufstieg und sich entfernte. Das erschien ihm nicht weiter verdächtig, denn die vorhergegangenen Schüsse hatte er nicht gehört. Vor der Hütte angekommen, rief er seinem Nachbarn zu, er wolle mit ihm sprechen. Daraufhin wurde er ohne vorherige Warnung aus dem Fenster heraus beschossen, konnte sich jedoch noch hinter einem Baumstamm in Sicherheit bringen. Aber dort saß er in der Falle, denn bei jeder Bewegung wurde erneut auf ihn geschossen; er konnte weder vor noch zurück. Schließlich erwiderte er, in die Enge getrieben, das Feuer, und dabei erhielt sein Nachbar die tödliche Verletzung. Eine andere Kugel muß die Benzinlampe zur Entzündung gebracht haben, jedenfalls soll die Hütte binnen Sekunden in Flammen gestanden haben. Fraser ist dann Hals über Kopf geflüchtet, weil er dachte, man werde ihm einen Mord anlasten.«

David und Steve hatten wie gebannt zugehört. »Und wie geht es nun weiter?« fragte David gespannt.

»Ihr Zelt, Kanu, Paddel und den Regenponcho haben wir gleich mitgebracht«, antwortete Joung.

»Frasers Aussagen sind schlüssig«, fuhr Harrison fort. »Wir finden keinerlei Widersprüche und gehen davon aus, daß alles genauso gewesen ist, wie er berichtet hat. Natürlich konnten wir ihn noch nicht freilassen – darüber wird ein Gericht zu entscheiden haben –; aber wir sind selbstverständlich nicht daran interessiert, ihm Steine in den Weg zu legen. Um es kurz zu machen: Bestraft werden könnte er lediglich wegen Diebstahls Ihrer Sachen. Fraser schickt Ihnen als Bezahlung für die verbrauchten Lebensmittel und als Entschädigung für Ihre Unannehmlichkeiten einen Betrag von 500 Dollar. Hier sind sie!« Er zog ein paar Geldscheine aus seiner Brusttasche und reichte sie David.

»Fraser bittet Sie, von einer Anzeige abzusehen«, setzte Joung hinzu.

»Okay«, erwiderten David und Steve nach kurzer Überlegung wie aus einem Munde. Sie blickten sich lachend an, und David meinte: »Er hat uns zwar in Schwierigkeiten gebracht, aber wir haben nichts gegen ihn.«

»Nachdem er den Schaden bezahlt hat, wollen wir am besten alles vergessen«, stimmte Steve zu.

»Gut«, freute sich Harrison, »kommen wir zu einem wesentlich erfreulicheren Thema!« Er zog ein weiteres dickes Bündel Geldscheine aus seiner anderen Brusttasche. »Wir hatten – was Sie nicht wissen können – eine Belohnung von 5000 Dollar für Hinweise ausgesetzt, die zur Ergreifung Frasers führen sollten. Obwohl sich die Angelegenheit jetzt anders entwickelt hat, als wir annahmen, steht Ihnen dieses Geld zu; denn die entscheidenden Hinweise, die uns auf Frasers Spur brachten, kamen von Ihnen.« Harrison richtete sich auf und sprach jetzt sehr feierlich: »Gentlemen, ich habe jedem von Ihnen einen Betrag von 2500 Dollar auszuzahlen.« Eher beiläufig fügte er noch hinzu: »Wir dachten, Bargeld ist Ihnen bestimmt lieber als ein Scheck.« Harrison zählte das Geld ab und händigte es David und Steve mit den wohlgesetzten Worten aus: »Wir haben Ihnen für Ihre Mithilfe sehr zu danken.«

Harrison und Joung tranken ihren Kaffee aus, erhoben sich und drückten den beiden zum Abschied die Hand. »Hier habe ich noch Flickzeug, das mir Bernie mitgegeben hat«, wandte sich Joung an David und Steve. »Er wollte in Carmacks auf Sie warten.«

Die beiden Polizisten lösten das Kanu von den Kufen und stiegen in den Hubschrauber. »Vielleicht sehen wir uns morgen abend!« rief Harrison noch, bevor er die Tür schloß.

Dann hob die Maschine ab.

David und Steve standen da und wußten nicht, was sie sagen sollten. Erst nach einer ganzen Weile, als das Flugzeuggeräusch allmählich verstummte, räusperte sich David ein wenig verlegen und brummte: »Wer hätte gedacht, daß wir zu Hilfspolizisten der RCMP aufsteigen.«

Steve betrachtete die vielen Geldscheine in seiner Hand und meinte: »Was hältst du übrigens davon, wenn wir zusammen den Yukon hinunter nach Dawson City fahren?«